Bestsellers

Dello stesso Autore
nella collezione Oscar

Così parlò Bellavista
Croce e delizia
Il dubbio
Elena, Elena, amore mio
Nessuno
Oi dialogoi. I dialoghi di Bellavista
Ordine e disordine
Panta rei
Raffaele
Sembra ieri
Socrate
Storia della filosofia greca. I presocratici
Storia della filosofia greca. Da Socrate in poi
Il tempo e la felicità
Vita di Luciano De Crescenzo scritta da lui medesimo
Zio cardellino

nella collezione I Libri di Luciano De Crescenzo

La distrazione

LUCIANO DE CRESCENZO

LE DONNE SONO DIVERSE

i Libri di Paolo Caruso

OSCAR MONDADORI

I edizione I Libri di Luciano De Crescenzo aprile 1999
I edizione Bestsellers Oscar Mondadori gennaio 2001

ISBN 88-04-48686-4

Questo volume è stato stampato
presso Mondadori Printing S.p.A.
Stabilimento NSM - Cles (TN)
Stampato in Italia. Printed in Italy

http://www.mondadori.com/libri

Le donne sono diverse

I
Le donne sono diverse

Si chiamava Peppino De Matteis ed era il mio compagno di banco in quarta elementare. Un giorno mi prese in disparte e mi comunicò la grande notizia.

«Lucià,» mi disse «le femmine sono diverse, non sono come noi.»

«E come sono?» chiesi io.

«Hanno la fessa e non hanno il pesce.»

«La fessa?»

«Sì, la fessa. Me l'ha fatta vedere mia sorella Assuntina. Se però glielo dico io, quella te la fa vedere pure a te.»

E fu così che a soli otto anni scoprii com'erano fatte le donne. Poi, crescendo, ho capito che la *petite différence* non era solo quella. Ce n'erano delle altre e perfino più importanti. Ho scoperto, ad esempio, che in amore le donne soffrono più degli uomini e che questo accade perché attribuiscono alle loro storie sentimentali un'importanza esagerata. Noi maschi, invece, consideriamo il Potere il massimo dei traguardi possibili e, pur di restare al comando, siamo disposti a fare qualsiasi sacrificio, anche a soffrire. Ora, che io sappia, non mi sembra che i capi di Stato abbiano mai perso la testa per le donne, e persino Clinton, diciamo la verità, le ha sempre considerate più una breve pausa di lavoro che non esseri umani con i quali comunicare. Quanto poi agli intellettuali, non ne parliamo: sono i peggiori di tutti. Si sono sempre comportati male con le donne.

A partire da Pitagora che un giorno disse ai suoi discepoli: «Il Bene creò l'Ordine, la Luce e l'Uomo. Il Male creò il Caos, le Tenebre e la Donna», per finire a Khomeini che le considerava un'emanazione diretta del demonio, tutti i grandi uomini del passato hanno sempre parlato male delle donne. E per capire fino a che punto sono stati crudeli, vediamo come Socrate ed Einstein trattavano le loro gentili consorti.

Socrate

È l'ultimo giorno di vita del più grande filosofo di tutti i tempi. Ancora un paio d'ore e arriverà il carceriere con la cicuta. Socrate è seduto al centro della cella, attorniato da tutti i discepoli che lo ascoltano in adorazione. Sono presenti Apollodoro, Antistene, Eschine, Fedone, Critone col figlio Critobulo, Ctesippo e tanti altri. Platone non è venuto perché ha la febbre alta. Socrate parla della vita e della morte, del bene e del male e perfino dell'anima, quand'ecco comparire Santippe. La poverina è in un mare di lacrime: ha ottenuto un permesso speciale per abbracciare il suo uomo per l'ultima volta, ma non fa in tempo a dire: «O Socrate, tu stai per morire innocente», che lui, rivolgendosi a una delle guardie, protesta: «Per favore, portate via questa donna che qui noi dobbiamo parlare».

Insomma, per Socrate la moglie era una specie di colf, un robot che doveva badare solo alla casa e al benessere fisico del marito. Qualsiasi altra iniziativa sarebbe stata considerata un'azione invadente e non gradita.

Einstein

Lo scienziato aveva una compagna di nome Marileva. Deve averle sicuramente voluto bene per decidere di viverci insieme. Pur tuttavia, fra i tanti appunti trovati sulla sua scrivania, ce n'era uno, autografo, dove le faceva una serie di raccomandazioni:

> Cara Marileva,
> ti sarei davvero grato se ti attenessi alle seguenti regole:
> 1 - i miei vestiti devono essere sempre stirati;
> 2 - mi devono essere serviti tre pasti al giorno in camera mia, e desidero mangiare da solo;
> 3 - sulla mia scrivania nessuno deve metterci le mani;
> 4 - devi rinunciare a qualsiasi rapporto sessuale, a meno che non sia io a chiederlo;
> 5 - devi rispondere subito quando t'interrogo;

6 - devi lasciare immediatamente la mia stanza quando te lo chiedo.

Grazie, il tuo Alberto

Sarebbe ingiusto, però, prendersela solo con Socrate e con Einstein. Il vero colpevole, a mio avviso, è lo stato di semischiavitù in cui la donna è stata relegata nel corso dei secoli. Se andassimo a contare quanti sono gli uomini, e quante le donne, citati nelle enciclopedie, scopriremmo che il rapporto tra i due sessi è a dir poco di cento a uno. E, dal momento che il cervello femminile non ha un numero di neuroni inferiore a quello maschile, dobbiamo concludere che la storica inferiorità della donna sia tutta da addebitare al ruolo sociale in cui, da sempre, il cosiddetto «secondo sesso» è stato confinato. Una catena invisibile lo ha tenuto legato ai fornelli e gli ha impedito di fatto qualsiasi spostamento che andasse oltre la lavabiancheria e la camera da letto.

Io, al contrario di Einstein, sono un grande estimatore dell'universo femminile, e lo sono a tal punto che se convivessi con una moglie, o un'amante, le offrirei tutte le opportunità possibili per farla crescere intellettualmente. Le presenterei le persone più stimolanti che conosco, la esorterei a documentarsi, a viaggiare, a conoscere popoli diversi, a leggere i libri che ritengo fondamentali e a vedere i film dei grandi autori. Insomma, le offrirei tutto ciò che potrebbe esserle utile, a patto, però, che durante il giorno mi lasciasse solo per qualche ora.

«Cara Marileva, ti sarei davvero grato se ti attenessi alle seguenti regole... Grazie, il tuo Alberto.»

La donna si è vista assegnare dalla natura il ruolo principale nella prosecuzione della specie, e di conseguenza ha finito col contrarre tutti quei requisiti che potevano servire in un rapporto d'amore, ovvero la seduzione, la civetteria, la passione, la capacità di sopportare il dolore nella gravidanza e la pazienza per tirare su un figlio. Provate voi, maschi, a stare dietro a un bambino di quattro anni per più di mezz'ora. Vi sembrerà d'impazzire. Invidiereste i minatori solo perché faticano di meno. Una donna, invece, gli dedica volentieri i migliori anni della propria vita e, cosa ancora più difficile da credere, ne è perfino felice; questo perché, «facendo» la mamma, scopre anche di esistere. A pensarci bene si accontenta di poco: vuole solo essere amata. Che poi ad amarla sia il marito, il figlio o un signore di passaggio poco importa: l'importante è che si senta indispensabile.

Ho provato a spulciare i classici che parlano delle donne e ho trovato alcune descrizioni formidabili. A cominciare da Esiodo che nella *Teogonia* le vede «sempre seguite da Eros e dal Desiderio», per finire con il Sommo Poeta che se le immagina a tal punto «gentili e oneste» da obbligare la lingua a restare «tremando muta» e gli occhi a non ardire «di guardare».

II

Le donne sono più belle degli uomini

«Secondo me, le donne sono più belle degli uomini.»

«Che scoperta!» esclamerete voi. «Dici così perché sei uomo. Se fossi nato donna, avresti detto esattamente il contrario! La verità è che ogni sesso ha la sua bellezza.»

E io insisto: «Nossignori, la bellezza è un requisito prettamente femminile, tant'è vero che si dice "la bellezza" e non "il bellezzo". Io, comunque, non ho dubbi: le donne sono più belle degli uomini, e scusatemi se per dimostrarlo tiro in ballo ancora una volta Platone e il mito della caverna».

Secondo Platone, l'uomo si trova incatenato in fondo a una caverna, in modo tale da non poter mai girare lo sguardo verso l'entrata. Lui, in pratica, può vedere solo la parete di fondo. Alle sue spalle, nel frattempo, lungo la strada, passano le Idee, ovvero le forme ideali di tutte le realtà di questo mondo, e quindi anche l'idea della Femmina, del Cavallo e della Gallina, o, per meglio dire, la Femminilità, la Cavallinità e la Gallinità. L'uomo, povero diavolo, può solo vedere le ombre che queste Idee proiettano sulla parete di fondo, e finisce col giudicarle belle o brutte a seconda che somiglino di più o di meno ai loro rispettivi modelli ideali.

Immaginiamo ora come potrebbe essere l'Idea della Bellezza. Di sicuro, avrebbe un viso dolcissimo, un corpo flessuoso, molte curve e, in pratica, nessuno spigolo. Infatti, dovendo scegliere fra tutte le figure geometriche quella che più mi ricorda la donna, punterei sulla circonferenza, e lascerei al quadrato o al triangolo il compito di rappresentare l'uomo.

In altre parole, la vita mi ha insegnato che la donna ha più curve dell'uomo e che l'uomo ha più spigoli della donna, tant'è vero che quando ci s'im-

L'uomo, povero diavolo, può solo vedere le ombre che queste Idee proiettano sulla parete di fondo.

batte in un uomo dai lineamenti molto delicati, tipo Leonardo Di Caprio tanto per intenderci, si è soliti dire che ci sembra un po' «effeminato». Che poi ad alcune donne possano piacere i visi irregolari, bitorzoluti o spigolosi, sul genere di quelli di Gérard Depardieu o Jean-Paul Belmondo, è tutto un altro discorso. Resta il fatto che la donna, quando è davvero bella, è sempre più «tonda» dell'uomo.

Di prove della superiorità estetica delle donne, ne esistono a bizzeffe. Prendiamo ad esempio l'età, la vera nemica della bellezza. Tutti quanti sappiamo che, a causa del secondo principio della termodinamica, il corpo umano presto o tardi si sfascia. Ebbene: chi sono le prime a pagarne le conseguenze? Ovviamente le donne. E perché? Perché hanno avuto la leggerezza di puntare sull'Estetica invece che sul Potere. Superati gli «anta», infatti, una donna normale ha qualche problema a confessare la propria età, mentre l'uomo ne va fiero. Marlon Brando, tanto per citarne uno, da giovane era considerato l'uomo più bello del mondo, poi è ingrassato ed è diventato brutto. Ciò nonostante, è ancora richiesto dalle case cinematografiche ed è anche pagato forse più di prima.

Ora io mi chiedo: ma è davvero così importante essere belli? Nel momento in cui ci si conosce, senz'altro: diciamo che nei primi cinque minuti è, addirittura, determinante. Poi, più passa il tempo e più la bellezza e la bruttezza tendono a ridimensionarsi. Avere un marito bello, o un marito brutto, dopo una decina d'anni di convivenza diventa pressoché uguale. Lo stesso dicasi della moglie bella e della moglie brutta. In altre parole, ci si abitua a tutto, perfino alla bellezza e alla bruttezza.

Cominciando dalla strega di Biancaneve, che chiedeva ogni giorno al suo specchio chi era la più bella del reame, per finire con Greta Garbo e Marlene Dietrich, che si sono segregate in casa non appena hanno visto appassire il proprio viso, si è sempre data alla bellezza un'importanza immeritata. Ora io vorrei convincere le nostre signore che nel loro animo ci sono qualità di gran lunga più importanti della bellezza. Prendiamo ad esempio la sensibilità: è una dote eccezionale che cresce col passare degli anni e che in un rapporto coniugale conta mille volte di più della bellezza esteriore. A questo punto, lo so, salta subito fuori il mio solito critico di sempre.

«D'accordo,» mi dice «ma guarda caso, ogni volta che t'incontriamo a una festa, sei sempre accompagnato da una donna molto giovane e bella: è perché è più sensibile che te la porti dietro?»

«Che c'entra,» rispondo io, alquanto risentito, «sono solo coincidenze. Vivo in un ambiente particolare (quello dello spettacolo), dove è più facile incontrare persone belle che persone brutte. Ciò nonostante, giuro di non aver mai avuto preconcetti nei confronti di una donna brutta, o, per meglio dire, di una donna meno fortunata dal punto di vista estetico.»

Tutto questo, poi, per non parlare dell'estetica

del brutto.* Secondo il filosofo cinese Ciuang-tse-ti, non è bello ciò che è bello, ma solo ciò che è utile. Prendiamo ad esempio la seppia: come animale certamente non è tra i più belli, le sue forme, però, sono le più adatte, e quindi anche le più utili, a farla sopravvivere nell'ambiente a cui è stata destinata. E lo stesso dicasi della donna: ogni particolare del suo corpo è stato progettato in funzione della sua sopravvivenza. Oggi, poi, con la chirurgia estetica è possibile fare miracoli. Non è escluso, infatti, che nel prossimo millennio potremo avere dei figli su ordinazione con caratteristiche predeterminate.

Immaginiamo una distinta coppia di coniugi che si presenta a un «baby shopping center» e ordina tre figli per i prossimi sei anni.

«Vorremmo un maschio e due femmine. Il maschio come Marcello Mastroianni, la prima femmina come Margherita Hack e la seconda come Maria Grazia Cucinotta... questa, però, per favore, con gli occhi azzurri.»

Senza contare il solito dittatore di turno che, per avere un servizio di guardia del corpo degno della propria persona, ordinerebbe un centinaio di individui maschi, tutti alti due metri e con un fisico alla Rambo. A quel punto, però, la bellezza finirebbe con lo stancarci. Che senso avrebbe, infatti, avere al proprio fianco una donna bella come Claudia Schiffer e poi scoprire, a una festa,

* Cfr. Karl Rosenkranz, *Estetica del brutto*, Olivares, Milano 1994.

che tutte le signore presenti sono simili a Claudia Schiffer? La bellezza, insomma, per essere tale deve anche essere unica.

Io lo so fin troppo bene: ho avuto una moglie bellissima dalla quale, però, dopo quattro anni di matrimonio mi sono separato, e solo oggi ho scoperto che non era la bellezza il suo pregio maggiore.

Nel cinema la bellezza è determinante. Il salario di una comparsa bella è di regola il doppio, se non addirittura il triplo, di quello della comparsa brutta. Ricordo il giorno in cui, in una scena di ambientazione siciliana, avevamo bisogno di sei prèfiche, ovvero di sei donne anziane, tutte vestite di nero, drammaticamente brutte, per farle piangere intorno a un cadavere. Il mio aiuto regista, il mai abbastanza deprecato Pancera, quella mattina si presentò a Cinecittà con sei maggiorate fisiche.

«Ma chi mi hai portato?» gli chiesi.

«*'e prefìche* dottò, come sta scritto su *'a sceneggiatura*» rispose lui mettendo l'accento sulla «i», invece che sulla «e» della parola «prèfiche». «Costano un pochetto de più di quelle magre, ma fanno più scena.»

(A proposito di aiuti, il grande Ennio Flaiano era solito dire che l'aiuto regista è una persona che aiuta il regista, che deve aiutare il produttore, che deve aiutare una ragazza, che deve aiutare la famiglia. Come a dire che il cinema italiano è stato inventato solo per aiutare la famiglia di una ragazza che, ovviamente, deve essere bella.)

III
Il sesso

Un giorno Lord Philip Chesterfield disse: «Non conviene fare sesso: la fatica è tanta, il godimento è breve e la posizione è ridicola!». Ma allora, mi chiedo, perché tante persone non pensano ad altro? Una recente statistica lo vedrebbe addirittura al primo posto tra i piaceri della vita, subito prima del calcio e della buona tavola. Questo per gli uomini, s'intende. Per le donne, invece, starebbe al quinto posto, dopo l'amore, i figli, la salute e la moda (sempre ammettendo che in questo genere di sondaggi le signore siano state sincere). Che poi il sesso sia più desiderato dagli uomini che dalle donne era prevedibile. Anche nel mondo greco le cose stavano così: ce ne dà una conferma Aristofane quando, in *Lisistrata,* ci racconta lo sciopero delle donne. Pare, infatti, che durante la guerra del Peloponneso le ateniesi e le spartane si siano messe d'accordo e abbiano minacciato i rispettivi mariti di non fare più l'amore se loro, gli uomini, non avessero smesso subito di combattere. Altra epoca, altre abitudini: oggi il proverbio siciliano «*megliu cumannari ca futtiri*» («meglio comandare che fottere») regna sovrano, e dal momento che, per comandare, a volte si è anche costretti a fare la guerra, non sarà stato certo un eventuale sciopero di Hillary Clinton a convincere il marito a non attaccare Milošević.

Una volta acclarato che il sesso piace, cerchiamo di capire il perché. In un manifesto del 1921, a Parigi, i futuristi lanciarono il *Tattilismo*, ovvero l'arte percepita col tatto.

«Perché solo la vista e l'udito» si chiedeva Filippo Tommaso Marinetti «possono godere dell'arte? Perché nessun artista ha mai pensato di far godere anche il tatto? Non è giusto accanirsi contro il tatto e trattarlo sempre come un senso di serie B.»

Sta di fatto che, verso la fine degli anni Quaranta, quando stavo ancora in terza liceo, mi capitò di visitare, a Napoli, una mostra tattile. Si trattava di decine e decine di opere invisibili, chiuse in enormi scatoloni di legno, che si potevano solo «toccare». Il visitatore infilava una mano in uno di questi scatoloni e, a detta degli organizzatori, avrebbe provato un'emozione connessa al titolo dell'opera. Io cominciai con una «scultura» intitolata *Invidia.* Introdussi la mano e ci trovai dentro un panno bagnato. In un altro contenitore, invece, con la scritta *Stazione di arrivo,* c'era una spazzola di ferro: non ne ho mai capito il perché. Poi vidi uno scatolone intitolato *Senso di colpa.* Al suo interno era stato nascosto un barattolo di marmellata senza coperchio: chi v'infilava la mano se la doveva per forza sporcare. Molti della mia classe non si mossero più dai pressi dell'opera con la marmellata per vedere la faccia di quelli che ci finivano con le dita dentro.

La scultura, però, che m'impressionò più di tutte era intitolata *Erotismo*. Non stava in uno scatolone, bensì allo scoperto, al centro della sala, su un tavolo. Si trattava di una piastra di gomma, quadrata, larga all'incirca quaranta centimetri per lato e alta cinque. Nella gomma erano stati praticati trentasei buchi, ordinati in file di sei, e sul davanti c'era una targhetta con la scritta «Erotismo». Quindi, poco più in basso, un cartello con le istruzioni: «Introdurre un dito in un buco qualsiasi, facendo attenzione perché in uno dei buchi è stato nascosto un chiodo con la punta rivolta verso l'alto». Non ci pensai su nemmeno un atti-

Si trattava di decine e decine di opere invisibili, chiuse in enormi scatoloni di legno, che si potevano solo «toccare».

mo e infilai l'indice nel buco più vicino. Poi, non avendo trovato nessun chiodo, ispezionai uno alla volta tutti gli altri buchi, e più andavo avanti, più aumentava la paura di pungermi. Risultato finale: zero chiodi. A quel punto chiesi spiegazioni al direttore della mostra, un futurista in carne e ossa. Lui mi guardò per qualche secondo, incerto se rispondermi o meno. Probabilmente, data la mia età, temeva di non essere capito. Poi, con aria di sufficienza, mi disse: «Perché ci sia l'*eros* ci deve essere anche il *pathos*». Come a dire che per i futuristi l'*eros* era una stanza buia dove si entrava con un pizzico di curiosità e un po' di paura, oppure il possesso della persona amata unito al timore di perderla, o anche un partire alla scoperta dell'America senza essere sicuri che ci sia un'America da scoprire.

Adesso, però, esaminiamo il problema erotismo più da vicino, e cerchiamo, se possibile, di arrivare a qualche conclusione.

Che differenza passa tra una bella donna e un piatto di tagliatelle? La domanda, lo so, è provocatoria, ma le risposte potrebbero aiutarci a capire come siamo fatti. Le tagliatelle al ragù, se cucinate a dovere, e soprattutto se si ha fame, ci comunicano un piacere diretto che ha a che fare solo col nostro gusto. A noi piacciono le tagliatelle al ragù, ma non è necessario che anche noi si debba piacere alle tagliatelle al ragù. In altre parole, la ghiottoneria è un piacere a senso unico: parte dalle tagliatelle e arriva al nostro palato. Non va oltre.

L'erotismo, invece, quello che coinvolge due persone, presuppone quanto meno un ritorno del gradimento. Se la donna che amo, durante l'amplesso, mi manifesta il suo affetto, il mio piacere aumenta di pari passo. Ebbene, credetemi: checché ne dica Lord Chesterfield, io provo più piacere ad andare a letto con una persona sensibile che non a mangiare un piatto di tagliatelle. Ma forse, per venirne a capo, bisognerebbe individuare quali sono le caratteristiche essenziali che distinguono l'erotismo dal sesso e dall'amore.

Per Freud il massimo desiderio dell'uomo è l'*eros*, per Alfred Adler il *potere*, e per il politologo Francis Fukuyama l'*essere riconosciuto*. Quest'ultima teoria, in verità, non sarebbe nemmeno tanto nuova, dal momento che l'aveva già prospettata Hegel, ma è utile a farci capire come siamo fatti dentro. A detta di Hegel, infatti, l'essere umano dubiterebbe continuamente di esistere e cercherebbe in ogni rapporto umano una conferma della sua esistenza. Mentre per tutti gli altri bisogni primari, quali la fame, il sonno e il ripararsi dal freddo, non richiede alcun riscontro oggettivo, per l'erotismo, invece, l'uomo pretende quanto meno un ritorno del gradimento. E così torniamo alle tagliatelle. Queste ci procurano un godimento sempre uguale, laddove il piacere erotico aumenta o diminuisce a seconda che il partner ci comunichi o meno il suo consenso. Constatare, insomma, che si è stati capaci di procurare del piacere è, filosoficamente parlando, una prova della propria esistenza. Le tagliatelle al ragù, invece, possono anche restare mute e piacerci lo stesso. Non le possiamo colpire con la forchetta e contemporaneamente urlare, come a suo tempo fece Michelangelo: «Perché non parli?».

Adesso, però, per chiudere questo capitolo sul sesso, proviamo a chiederci se nei suoi confronti gli uomini e le donne si comportino nello stesso modo. Ebbene, checché se ne dica, la maggior parte delle donne, per fare sesso, deve sentirsi coinvolta anche con l'anima, laddove questo per l'uomo non è assolutamente indispensabile: lui lo fa e basta. Detto in altre parole, la donna deve voler bene al suo compagno, almeno quel tanto da poterci andare a letto, mentre l'uomo (ammettiamolo) può praticare il sesso quando e come vuole. Questo, sia chiaro, nella maggioranza dei casi.

Mettiamoci, infine, anche il concetto del potere e avremo il quadro completo. Il fatto che durante l'amplesso l'uomo stia quasi sempre «sopra», e poche volte «sotto», conferisce all'atto stesso un aspetto di «dominio assoluto» che non può non gratificare l'animo di chi ha dedicato al «potere» tutta la propria esistenza. Le nostre signore, al contrario, non hanno questo problema. Loro non hanno bisogno di «possedere» per sentirsi vive: sono state create per amare ed essere amate, e si realizzano solo se si verificano queste due condizioni. Insomma, signori miei, che vi piaccia o meno, le donne sono diverse.

IV
L'amore

Si dice che i giovani siano belli e stupidi e i vecchi brutti e sensibili, ma ne siamo proprio sicuri? Ci saranno pure dei giovani brutti e intelligenti e dei vecchi che sono ancora appetibili! E poi, non è affatto carino chiamare «vecchio» un vecchio, e meno che mai lo è usare il termine ancora più antipatico di «anziano». Norberto Bobbio, almeno per sé, ha scelto la parola «stravecchio» e non si può che apprezzarlo per tanta lucidità. C'è infine chi ha proposto di dare del *senior* a tutti quelli che hanno superato i sessanta. Sarà pure, dico io, ma continuo a preferire l'aggettivo «vecchio» a tutti i sinonimi possibili. Tanto gli anni sono quelli che sono e non sarà certo un *senior* in più o in meno a farmeli calare. Lo stesso dicasi per gli eufemismi che si usano nei confronti dei ciechi e dei sordi. Chiamarli «non vedenti» e «non udenti», solo per non urtare la loro suscettibilità, mi è sempre sembrata una bieca ipocrisia.

E le donne come sono? È vero che sono stupide e attraenti quando hanno vent'anni, e intelligenti e brutte quando ne hanno più di sessanta? E da quale età in poi possiamo dire che una donna è vecchia? Chiamate «vecchia» una vostra amica e vi odierà per tutta la vita. Eppure proprio una vecchia, Rita Levi Montalcini, ha scritto un libro bellissimo intitolato *L'asso nella manica a brandelli** dove si sostiene che il cervello, a differenza di tutti gli altri organi del corpo umano, è quello che regge meglio alla distanza.

Ma io, Luciano De Crescenzo, com'ero da giovane? Beh, diciamo la verità: ero bello e stupido. Ero più simile a un vegetale che a un essere umano. Correvo dietro le ragazze, giocavo a pallone, facevo atletica leggera e andavo in pizzeria con gli amici, il tutto, però, senza rifletterci troppo. Insomma, ero felice e non lo sapevo. Di qualità rispetto a oggi, ne avevo solo una in più: la curiosità. Ero sempre avido di sapere. Ed è stato grazie a questa curiosità che sono migliorato nel tempo. Peccato, però, che proprio mentre miglioravo, mi sia cresciuta la pancia, i capelli mi siano diventati grigi e sul viso mi siano apparse le prime rughe. Oggi ho la Carta d'argento, ovvero la tessera da vecchio. Entro gratis nei musei, nei Fori Imperiali e ho lo sconto sui treni. Ma se viaggio in compagnia di una bella ragazza, preferisco pagare il biglietto intero per impedire che veda la mia tessera quando arriva il controllore.

Molti studiano come allungare la vita, quando

* Baldini & Castoldi, Milano 1998.

invece bisognerebbe allargarla. Ma come si fa ad allargare la vita? È presto detto: con la sensibilità. E, guarda caso, la sensibilità cresce proprio col passare del tempo. Se paragono l'emozione che ho provato quando ho preso in braccio per la prima volta mia figlia Paola con quella trasmessami dal mio nipotino Michelangelo appena nato, capisco subito che differenza passa tra l'essere padre e l'essere nonno. Questo per non parlare poi del fatto che da un po' di tempo a questa parte mi emoziono per un nonnulla, e che almeno una volta al giorno mi verrebbe voglia di piangere. Sento una vecchia canzone e mi vengono le lacrime agli occhi. Vedo un film degli anni Quaranta e mi commuovo. Ho pianto perfino rivedendo un cartone animato di Walt Disney: *La carica dei 101*.

Qualcuno, infine, sostiene che le femmine sarebbero più sensibili dei maschi. A parità di anni senz'altro. Dubito, invece, che la differenza possa ancora esserci, a favore della donna, quando lei è molto giovane e lui molto anziano. E, a tale proposito, ricordo una vecchia canzone napoletana che dice:

Essa è l'aurora e io sò comme 'o tramonto,
essa è l'ammore io songo 'o sentimento,
essa mi stima, e io 'a voglio bene tanto.

Io, purtroppo, da quando sono entrato nella terza età sono stimato moltissimo. Se morissi, poi, non ne parliamo: la stima raggiungerebbe i massimi livelli, e forse perfino i critici divente-

Essa è l'aurora e io sò comme 'o tramonto,
essa è l'ammore io songo 'o sentimento,
essa mi stima, e io 'a voglio bene tanto.

rebbero meno severi. Stavo per dire: «Non vedo l'ora!».

Evidentemente tutte queste riflessioni sono da prendere con le molle, nel senso che valgono in generale. Non prevedono i casi singoli e, soprattutto, non prevedono i casi in cui un poveruomo è innamorato. A quel punto tutte le altre caratteristiche vanno a farsi benedire: l'età, il sesso, la bellezza e la bruttezza non contano più nulla. L'innamorato appartiene a una razza a parte che non può essere inserita in alcuna statistica: è praticamente un pazzo in libera uscita. Se Lord Chesterfield sosteneva che non conveniva praticare il sesso, a maggior ragione avrebbe dovuto metterci in guardia dall'amore. Fatta eccezione, infatti, per i primi tempi, quando tutti e due gli innamorati sono sotto il dominio incontrastato della passione, la fine di un rapporto diventa inevitabilmente un'esperienza traumatica.

Amor, che a nullo amato amar perdona,
mi prese del costui piacer sì forte,
*che, come vedi, ancor non m'abbandona.**

Ebbene, proprio questo amore, invece, finisce sempre con l'abbandonare almeno uno dei due e col far soffrire l'altro come una bestia. Detto in altre parole, in ogni amore ci sarà sempre uno che piange e uno che si annoia. Per rendersene conto basta contare quante sono le canzoni d'amore dove c'è un innamorato che soffre e quante quelle dove tutti e due sono felici e contenti.

A Napoli di canzoni allegre, che io sappia, ce ne sono pochissime. Per una gioiosa sul genere di *Comme facette mammete,* se ne contano almeno un migliaio dove uno dei due innamorati vorrebbe quanto meno morire. Mai una volta che si sentisse ricambiato! La prima che mi viene in mente è *Nisciuno pò sapè* di Domenico Modugno e Riccardo Pazzaglia.

Nisciuno pò sapè, nisciuno,
pecché me fai suffrì, nisciuno.
Chi sta abbracciato a te sta sulo.
Pure 'o profumo 'e te fa male.

* Dante Alighieri, *Inferno*, V, 103-105.

E via di questo passo. Avrei voluto intitolare questo piccolo saggio *L'ama tematica,* ovvero la tematica dell'amore, poi, grazie a Dio, l'editore mi ha dissuaso. Resta il fatto che cercherò di capire che cos'è l'amore, se solo una forma di esaurimento nervoso, oppure un turbamento improvviso che pone in secondo piano tutti gli altri interessi.

Per capire, poi, se quello che stiamo vivendo è o non è un grandissimo amore, è necessario far passare del tempo... Molto tempo... Diciamo almeno una decina d'anni. Solo alla fine dei nostri giorni potremo sapere con esattezza quanti sono stati i grandissimi amori, quanti quelli medi e quante le semplici «cotte». Statisticamente parlando, nel corso di una vita ci toccano almeno tre amori indimenticabili. Un vaccino contro questi ultimi non è stato ancora inventato, e non è detto che, se lo inventassero, qualcuno vorrebbe farselo iniettare. D'altra parte, se c'è un desiderio comune a tutti gli innamorati è quello di soffrire. E allora, dico io, accontentiamoli.

Contrariamente a quanto si pensa, l'amore non ha niente a che vedere col sesso, se non altro perché, quando si è innamorati, il cervello è a tal punto concentrato sul versante sentimentale da non riuscire ad apprezzare il lato ludico del rapporto sessuale. A volte si arriva addirittura a desiderare la lontananza della persona amata per poterla sognare con più libertà, senza correre il rischio di venirne delusi. «Amo il tuo posto vuoto accanto al mio» è una delle più belle frasi d'amore che abbia mai udito.

V
Le lesbiche

Fu sempre alle elementari che sentii parlare per la prima volta di omosessualità. Uno dei miei compagni di classe, tale Rosario Savarese di anni otto, toccò il pistolino di un altro ragazzo, e da quel momento in poi fu soprannominato «ricchione». Noi della quarta B, con la cattiveria tipica della nostra età, quando uscivamo da scuola lo circondavamo scandendo in coro la terribile condanna: «RIC-CHIO-NE! RIC-CHIO-NE! RIC-CHIO-NE!». E lui, poverino, scappava via coprendosi il viso con le mani. Per me, all'epoca, «ricchione» era la peggiore offesa che si potesse mai rivolgere a un essere umano, peggiore quindi di idiota, di ladro e di assassino. Pari, forse, solo a «spia». Poi col tempo, grazie a Dio, ho imparato che gli omosessuali sono individui come tutti gli altri, buoni o cattivi, intelligenti o stupidi, ma quasi sempre più sensibili degli eterosessuali.

Giunti a questo punto, e volendo riassumere, i sessi dovrebbero essere quattro, e precisamente quello maschile, quello femminile, quello dei gay e quello delle lesbiche.

A tale proposito Aristofane è stato molto preciso: nel *Simposio* di Platone racconta che in principio gli esseri umani erano tutti doppi, nel senso che avevano quattro gambe, quattro braccia, quattro occhi, due nasi, due bocche, e quindi anche due sessi: uno davanti, a forma di fallo, e uno dietro, a forma di vulva. Camminavano come i ragni: potevano andare in avanti, indietro e di lato, sempre, però, muovendosi su quattro zampe. Poi ce n'erano alcuni che avevano due sessi uguali: tutti e due maschili o tutti e due femminili. Come carattere, infine, erano quanto di peggio si possa immaginare: erano superbi, presuntuosi, arroganti e senza alcun rispetto per gli dei. Un giorno Zeus perse la pazienza e ordinò ad Apollo di spac-

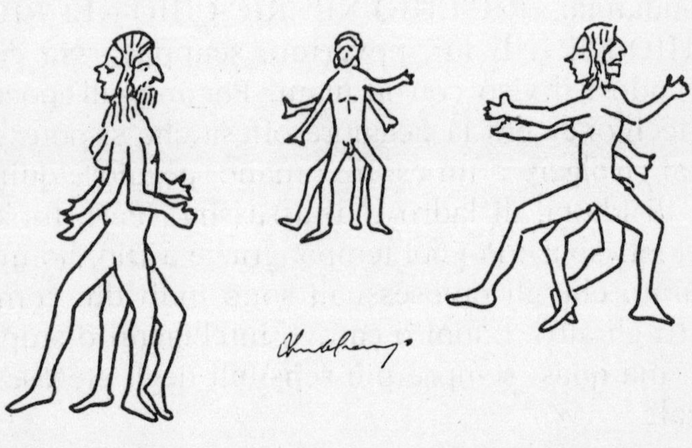

Gli esseri umani non erano fatti come noi, bensì erano tutti doppi, nel senso che avevano quattro gambe, quattro braccia, quattro occhi, e quindi anche due sessi.

carli tutti a metà. A quel punto gli uomini doppi divennero immediatamente infelici: innanzi tutto perché non riuscivano più a camminare come prima (erano costretti a procedere a saltelli) e poi perché ognuno di loro desiderava ricongiungersi con la parte che gli era stata appena tolta. Allora accadde un fatto straordinario, in seguito chiamato «amore»: le metà-maschio corsero dietro alle metà-femmina, le metà-femmina corsero dietro alle metà-maschio, e quelli che provenivano da un individuo con due sessi uguali cercarono disperatamente una metà che in qualche modo rassomigliasse loro. Nacque così anche l'omosessualità. Chi ne volesse sapere di più è pregato di leggersi il *Simposio*, dal paragrafo 189 al paragrafo 193.

Ciò detto, quello che a noi preme mettere in evidenza è che nell'antica Grecia l'omosessualità era una pratica accettata da tutti. Socrate, tanto per dirne una, pur essendo una persona dalla morale ineccepibile, aveva per moglie una donna chiamata Santippe, per amante femmina una ragazzina di diciotto anni di nome Mirto, e per amanti maschi almeno tre baldi giovanotti di nome Agatone, Pausania e il celebre Alcibiade. Non a caso quest'ultimo modo di volersi bene è poi passato alla storia come «amore greco».

Tra le omosessuali la più famosa fu certo la poetessa Saffo. Due parole sulla sua vita: nacque nel VII secolo avanti Cristo nell'isola di Lesbo (da cui la definizione «amore lesbico»). Rimasta orfana in tenera età, si sposò con un ricco possidente del luogo ed ebbe una figlia a cui dette nome Cleis. Una volta superati i quaranta, istituì a Lesbo un tiaso, ovvero un club per sole donne, dove veniva venerata la dea Afrodite. A onor del vero, l'ideologia di Saffo non era tanto il sesso tra donne quanto l'amore in tutte le sue possibili forme. Ne fa testo il seguente frammento 16:

alcuni dicono che la cosa più bella sia un esercito
di cavalieri, altri di fanti, altri ancora di navi;
io, invece, ciò di cui uno è innamorato.

Attenzione: qui Saffo non specifica se la persona che ama è un uomo o una donna. L'importante, per lei, è amarla: tutto il resto non conta. Più esplicito, invece, è il frammento 130, quello in cui la poetessa dichiara, senza mezzi termini, di amare la bellissima Atthis, l'amica che l'ha appena lasciata per andarsene con un'altra donna:

Di nuovo mi assilla Eros che scioglie le membra,
dolceamara, invincibile creatura; ma tu, o Atthis,
tu ti sei stancata di pensare a me e voli verso Andromeda.

O quando, nel frammento 31, guardando una sua amica, ci descrive quello che prova:

... e ridi un riso che suscita desiderio. Questa visione veramente mi ha turbato il cuore nel petto: appena ti guardo un breve istante, nulla mi è più possibile dire,

ma la lingua mi si spezza e subito un fuoco sottile mi corre sotto la pelle, e con gli occhi nulla vedo e rombano le orecchie;

e su me sudore si spande e un tremito mi afferra tutta; e sono più verde dell'erba e poco lontana da morte sembro a me stessa.

Adesso, però, non commettiamo l'errore di considerare il lesbismo una prerogativa dei greci. Anche i romani, anzi le romane, non erano da meno. Valga per tutti quella satira di Giovenale dove due lesbiche si danno appuntamento alle spalle della statua della dea Pudicizia per poi restarci tutta la notte.

VI
Le prostitute

Cominciamo col dire che non trovo per nulla scandaloso il mestiere di prostituta. E poi, che vuol dire prostituta? Vuol dire donna che cede una parte del suo corpo in cambio di denaro. Ebbene io per un lungo periodo della vita non ho fatto altro. Per vent'anni ho venduto il mio cervello alla IBM. Che mi piacesse o meno, mi sono recato ogni mattina in ufficio, ho timbrato il cartellino e ho ubbidito ciecamente a un capo con il quale non sempre andavo d'accordo. Qualcuno potrebbe obiettarmi che una cosa è vendere il cervello e un'altra le proprie grazie, e io potrei rispondere che non c'è nulla al mondo di più prezioso del cervello: barattarlo con uno stipendio dovrebbe essere, a mio avviso, il peggiore caso di prostituzione. La verità è che in queste cose finiamo sempre col farci condizionare dal nostro passato cattolico, e la Chiesa, come ben sappiamo, ha sempre considerato il sesso un peccato mortale. Che dire, poi, di una donna che per «sistemarsi» si sposa con un uomo che non ama? È o non è una prostituta?

Ciò detto, sarei favorevole alla riapertura delle

case di tolleranza, a patto, però, che vengano gestite dallo Stato e non dai privati. Infatti, l'unico aspetto dell'attuale legge sulla prostituzione che mi trova consenziente è quello di punirne lo sfruttamento. Per il resto, perché proibire a una donna (o a un uomo) di usare il proprio corpo come meglio crede?

Del mio stesso parere era il poeta francese Louis Aragon. In un suo libriccino intitolato *Il contadino di Parigi* (1926), si dichiara senza mezzi termini favorevole alle case di tolleranza e accusa i benpensanti d'ipocrisia. Dice Aragon:

> *I benpensanti scaglino pure la prima pietra: loro non hanno bisogno di quell'atmosfera magica che mi fa sentire di colpo più giovane. Io sì, invece, ed è questo il motivo per cui la sera, non appena ho ricevuto la paga, mi getto felice tra le braccia di una bella prostituta. Voi dite che l'amore in quei posti è una specie di masturbazione, e io vi rispondo che le mie masturbazioni valgono le vostre. E vi dirò di più: l'espressione casa di tolleranza non mi è mai piaciuta. A volte ho quasi l'impressione di parlare in una lingua straniera quando mi vedo costretto a spiegare a chi non è mai entrato in un bordello che cosa vuol dire calmare il proprio corpo in un modo così semplice e sbrigativo. Per quanto mi riguarda, infatti, è solo un tempio di libertà, un luogo fatato dove ci si libera dai bisogni imposti dalla natura.*

Come dargli torto? Anch'io, in effetti, ricordo con grande tenerezza il mio primo casino: la Pensione Gianna a Napoli, in vicolo Sedile di Porto, a un centinaio di metri dall'università. Il vicoletto era un budello non più lungo di venti metri che ogni sera si riempiva come un uovo di militari in attesa. Di tanto in tanto, poi, arrivava un vigile che si metteva a urlare: «Proibito fermarsi: prego circolare, circolare, altrimenti chiamo la ronda!». Il portoncino era il secondo a destra entrando nel vicolo. La prima volta che ci misi piede fu per venderci del whisky adulterato. Si trattava di un liquido marrone prodotto da tale zio Alfonso Saporito, un ex sacrestano che fabbricava liquori falsi nei vicoli dei Quartieri Spagnoli. Io fui ingaggiato insieme ad altri tre miei colleghi per consegnare la merce nei locali frequentati dai soldati americani. Avevamo diciannove anni e frequentavamo il biennio d'ingegneria. Per ottenere l'incarico ci fu sufficiente giurare su un'immagi-

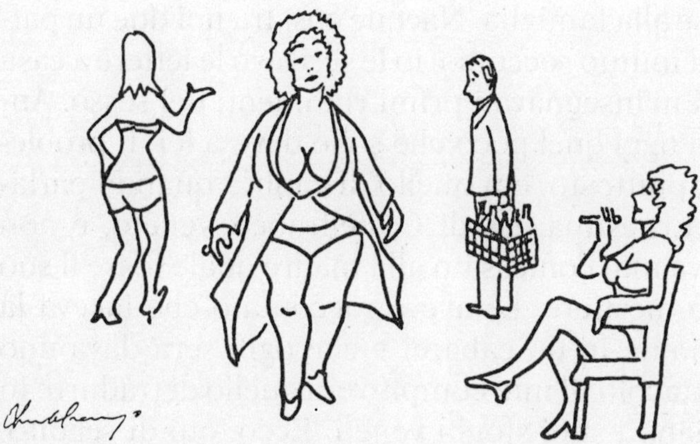

Ricordo con grande tenerezza il mio primo casino: la Pensione Gianna a Napoli, in vicolo Sedile di Porto, a un centinaio di metri dall'università. La prima volta che ci misi piede fu per venderci del whisky adulterato.

netta di sant'Antonio che avremmo sempre ubbidito alle cinque regole d'oro di zio Alfonso:

1 - Non consegnare le bottiglie se prima non si è stati pagati.
2 - Ricordarsi bene dei prezzi: novecento lire la bottiglia di whisky e settecento quella del gin.
3 - Non dimenticare di ritirare i vuoti.
4 - Non guardare le puttane, ma i soldi.
5 - Non bere mai l'*old scotch whisky* di zio Alfonso, perché si può anche morire.

E fu proprio alla Pensione Gianna che conobbi Ernestina. Io, di Ernestina, ho già parlato nel libro *Vita di Luciano De Crescenzo scritta da lui medesimo,* ma non posso fare a meno di citarla di nuovo tanto mi è rimasta nel cuore. Ernestina era analfabeta e aveva il problema di scrivere una volta al mese alla famiglia. Nacque così tra noi due un patto di mutuo soccorso: io le scrivevo le lettere a casa e lei m'insegnava i primi rudimenti del sesso. Ancora oggi quel poco che so lo devo a lei. Il problema, piuttosto, era quello di capirla quando parlava. Ernestina era di Castelfranco Veneto, e non aveva mai confessato alla madre quale fosse il suo vero mestiere. Le aveva raccontato che faceva la cantante in un cabaret e che ogni sera dava uno spettacolo. Il mio compito era quello di tradurre in italiano i suoi sfoghi veneti. Ecco, qui di seguito, un esempio di lettera di Ernestina:

Cara mama,
mi stago ben e cussì spero de ti. Go tanto sucesso: ieri uno spetator me ga fato tanti aplausi e el ma ga do-

mandà anca un bis. La capocomica siora Giana ea xe molto contenta de mi, e forse tra qualche mese a me darà un aumento de percentual. Come staa la Lucia? Dighele che a ga da studiar perché nea vita se non se studia se finisse col far tuto queo che vol quei che ga studià. Cara mama, mi te vogio tanto ben e quando penso a ti me ricordo de quando gero putea e me vien sempre vogia de pianser.

Tua Ernestina

Poi accadde l'irreparabile! La senatrice Angelina Merlin, nell'intento di eliminare una volta per sempre la prostituzione, fece emanare una legge che il 19 settembre del 1958 (giorno di san Gennaro) chiuse tutti i casini d'Italia. La parlamentare mai avrebbe potuto immaginare che proprio grazie a quella legge la prostituzione sarebbe dilagata per le strade su tutto il territorio nazionale. All'epoca, infatti, le prostitute erano poco più di tremila, laddove oggi se ne contano almeno quarantamila, di cui cinquemila albanesi. Ricordo ancora quell'ultimo giorno. Piangevano tutti. Piangevano i clienti. Piangevano le signorine. Piangeva la tenutaria, la signora Gianna.

«Ingegnere carissimo,» mi disse non appena mi vide «ha visto quello che ci hanno fatto? Lei ci può fare da testimone: qui ha sempre trovato il massimo della cortesia. Le lenzuola erano sempre pulite: io stessa le facevo lavare tutte le mattine. Adesso mi dica: che fine faranno queste povere ragazze? Qui avevano tutto: un medico che le visitava una volta al mese, un tetto dove poter dormire e una donna come me che per certe cose è più di una mamma. Ora finiranno tutte in mezzo a una strada. Con tanti mascalzoni che ci sono in giro. Ma queste qui, ingegnere mio, non sono nemmeno capaci di camminare da sole: faranno una brutta fine! Ed è tutta colpa di quella fetente lì.»

La «fetente lì» era la senatrice Angelina Merlin del Partito socialista italiano.

Qualche cliente avrebbe voluto aprire una bottiglia di champagne, ma tutte le ragazze si rifiutarono di brindare: preferirono piangere.

«Tesoro,» diceva un signore di mezz'età dai capelli grigi a un donnone con due tette enormi «io non ti posso perdere: tu sei tutto per me. Adesso mi devi dire dove andrai a vivere e io ti raggiungerò anche se dovessi andare in capo al mondo, e come sempre staremo insieme, almeno una volta alla settimana.»

«Lasciami il tuo indirizzo e te lo farò sapere» rispondeva lei soffiandosi il naso per nascondere le lacrime.

«No, il mio indirizzo no» precisava lui. «Quella, mia moglie, mi apre tutte le lettere. Scrivimi tu "fermo posta".»

«Va bene, però giurami che non mi lascerai.»

Questo accadeva nel 1958, più di quarant'anni fa. Oggi Ernestina dovrebbe avere poco più di settant'anni. Vorrei tanto che leggesse questo libro e trovasse qualcuno che a nome suo mi scrivesse una lettera. Ovviamente «fermo posta».

VII
Le parolacce*

Le donne non dicono le parolacce. Le signore per bene non le pensano nemmeno, e dal momento che questo libricino inizia proprio con due parolacce, temo che non andranno mai oltre la prima pagina. Poi, però, mi chiedo: «Ma che cos'è una parolaccia?». Nella maggior parte dei casi si tratta di un sostantivo che indica una parte del corpo umano situata più verso il basso che verso l'alto, oppure di alcune pratiche sessuali molto diffuse anche tra le signore per bene. Allora, dico io, se queste pratiche sono così diffuse, perché le signore si scandalizzano? È giunto, quindi, il momento di scrivere l'elogio della parolaccia!

Verso la fine degli anni Quaranta nelle università italiane ci fu un ritorno di fiamma della goliardia. Un po' per uscire dal clima lugubre della guerra, un po' per merito di un'incontenibile vo-

* Chi avesse problemi, magari per motivi di età, nei confronti delle parolacce è pregato di saltare il presente capitolo e di passare al successivo.

glia di vivere, da più parti spuntarono gruppi e associazioni goliardiche. Più nei piccoli centri, in verità, che non nelle grandi città: Padova, Pavia e Siena furono le prime a farsi sentire. A Padova ci si riuniva una volta l'anno in una specie di festival della canzone goliardica e si cantava. A fare gli onori di casa c'era il «Tribuno del popolo», la massima carica goliardica dell'ateneo locale. A Roma, invece, veniva onorato il «Pontefice massimo», e a Napoli il *Princeps* del *Sacer Ordo Aligeri Piscis,* ovvero il «Principe del Sacro Ordine del Pesce Alato». Di quale pesce si trattasse è inutile starlo qui a precisare. Quello di trovare i sinonimi ai nomi degli organi genitali è sempre stato un problema per tutte le persone cosiddette civili. L'Italia, pur diventando una sola nazione, è sempre rimasta divisa in due zone sessualmente distinte: quella del Nord dove il membro maschile viene chiamato «uccello» e quella del Sud dove, invece, si preferisce definirlo «pesce».

Io iniziai a frequentare il *Sacer Ordo Aligeri Piscis* quando ero una giovane matricola. Una volta fuori corso, divenni «Barone di primo pelo», per poi essere nominato «di secondo pelo» l'anno successivo, e infine *Princeps* del *Sacer Ordo* pochi mesi prima della laurea. Ma che faceva di tanto bello il mio Ordine? In verità, niente di eccezionale; noi, però, ci divertivamo moltissimo. Avevamo un coro di corte che si esibiva sullo scalone centrale dell'università in via Rettifilo allo scopo di raccogliere i fondi necessari per una visita collettiva in una casa chiusa. A parziale giustificazione di questa condotta morale va detto che all'epoca le nostre coetanee, prima del matrimonio, non potevano assolutamente fare l'amore. Erano obbligate alla verginità fino alla prima notte di nozze. Non ci restava, quindi, che andare a casino o tentare un approccio alquanto improbabile con le turiste, e in particolare con le tedesche.

Malgrado ciò, o forse proprio per questo, i giovani dei miei tempi erano sempre allegri. Quelli di oggi, invece, almeno a vederli, non lo sono affatto. In particolare quando si trovano in una discoteca e stanno ascoltando la musica *techno*. Chissà perché, ma hanno quasi sempre un'espressione triste dipinta sul viso, come se avessero appena ricevuto una brutta notizia da casa. Colpa del benessere? Non lo so: lascio il responso agli

Autoritratto di Luciano De Crescenzo giovane, nelle vesti di Principe del *Sacer Ordo Aligeri Piscis*.

esperti. Certo è che i motivi e i testi delle canzoni goliardiche erano un'eccezionale occasione di sfogo: inneggiavano quasi sempre alla donna, o, per meglio dire, a una parte della medesima che a quell'epoca riscuoteva un grande successo. Nessuno la vedeva, nessuno la frequentava, però tutti ne parlavano.

Le canzoni del nostro repertorio andavano dalle famose *Osterie* a *Natascia, hai fatto tu la piscia.* Il pezzo, però, di maggior successo era il *Fanfulla da Lodi.* Ora, allo scopo d'informare le nuove generazioni su questo «sacro testo» della mia giovinezza, proverò qui di seguito a citarne i passi principali.

Il barone Fanfulla da Lodi,
condottiero di gran rinomanza,
fu condotto una sera in stanza
da una donna di facili amor.

Bel condottier, bel condottier,
cessa di far flanella, flanella, flanella.
Bel condottier, bel condottier,
cessa di far flanella e vieni a goder.

«Fare flanella» era un'espressione in uso nelle case di tolleranza e indicava il comportamento di alcuni clienti che, invece, di scegliersi subito una ragazza e di salire in camera, indugiavano seduti sui divani di stoffa del salone centrale. Molti, infatti, approfittando del fatto che l'ingresso in quell'ambiente era gratuito, entravano solo per guardare pur senza toccare. Ora, però, vediamo che cosa accadde al nostro povero Fanfulla:

Era nuova ai certami d'amore
di Fanfulla la casta alabarda,
ma alla vista di tanta «bernarda»,
prese il brando e si mise a pugnar.

E cavalca, cavalca, cavalca,
alla fine spossato si accascia,
lo risveglia la turpe bagascia,
«Cento talleri devi sborsar».

«Vaffancul, vaffancul, vaffanculo»
le risponde Fanfulla incazzato,
«venti talleri già ti ho donato,
gli altri ottanta li prendi nel cul!»

A questo punto sorge un problema: il gran condottiero alcuni giorni dopo la sua prestazione scopre di aver contratto una malattia sessuale.

Sette giorni appresso a quello
un prurito si sente all'uccello,
«Cosa è mai questo male novello
che la madre Natura mi dié?»

Fu chiamato un famoso dottore,
quello venne e poi disse: «Fanfulla,
qui bisogna tagliare una palla
o lo scolo morir ti farà!».

In materia di scoli e banani
non c'è proprio mai nulla che tenga,
vige solo la legge del Menga
che a un dipresso si enuncia così...

E da qui in poi la ballata parla di questa legge del Menga che io, per rispetto dell'editore, evito di raccontare. Noi napoletani, infine, eravamo soliti chiudere il *Fanfulla* con un'altra legge, quella del Volga.

Di rimando alla legge del Menga
contrapposta è la legge del Volga:
«Chi l'ha preso nel cul se lo tolga
e lo metta nel cul del vicin».

Sì, lo ammetto: erano canzoni molto volgari e piene di parolacce. Sempre meglio, però, le parolacce della droga: costavano meno e non facevano male.

La goliardia un brutto giorno morì uccisa dalla politica. Data la presa che esercitava sui giovani, i partiti se ne impossessarono togliendo alle manifestazioni goliardiche quella fresca ingenuità che le aveva sempre contraddistinte. All'epoca la politica era dominata da tre schieramenti: la Democrazia cristiana, che diede luogo alla Fuci (Federazione universitari cattolici italiani), la sinistra, che fondò il Cudi (Centro universitario democratici italiani), e la destra, che con il Fuan (Fronte universitario di alleanza nazionale) resuscitò il vecchio Guf (Gioventù universitaria fascista). Chi non si schierava con uno dei tre gruppi veniva subito bollato come qualunquista (o teddy boy) e retrocesso in una serie inferiore. Noi, per evitare questa emarginazione, smettemmo di cantare. E pensare che la goliardia aveva nobili tradizioni. Pare, infatti, che il primo canto goliardico, il *Gaudeamus igitur,* risalga addirittura al Medioevo, al

XIII secolo. Veniva eseguito dai *clerici vagantes*, gruppi di studenti girovaghi che visitavano il mondo studiando e cantando. Eccone alcune strofe con la traduzione a fronte:

Gaudeamus igitur	Orsù godiamo
iuvenes dum sumus	finché siamo giovani,
post molestam senectutem	dopo una gravosa vecchiaia
nos habebit humus.	la terra ci riprenderà.
Ubi sunt qui ante nos	Dove mai sono finiti
in mundo fuere?	quelli che nel mondo furono?
Transeas ad Superos	Sali su in cielo
abeas ad Inferos	o scendi agl'Inferi
quos si vis videre.	se li vuoi vedere.
Vita nostra brevis est	La nostra vita è breve
brevis finietur.	e in breve finirà.
Venit mors velociter	La morte viene veloce
rapit nos atrociter	e ci rapisce atroce
nemini parcetur.	senza lasciar nessuno.
Vivant omnes virgines,	Evviva tutte le vergini,
faciles, formosae,	facili e formose.
vivant et mulieres	Evviva anche le spose,
tenerae, amabiles,	tenere, amabili,
bonae, laboriosae.	procaci e laboriose.

VIII
Le filosofe

L'automobilista napoletano vecchia maniera odia tutte le donne al volante: non appena ne becca una che ha commesso una seppur minima infrazione (quale, ad esempio, non aver messo la freccia prima di svoltare) non può fare a meno di esclamare: «*È 'na femmena!*». Tanta è la stima che alcuni miei concittadini hanno per il gentil sesso quando lo vedono impegnato in un'attività che a loro giudizio dovrebbe essere di esclusiva pertinenza maschile. Peggio ancora se la donna di cui si parla ha osato sconfinare in una professione di alto livello. Mio padre, ricordo, un giorno si rifiutò di collaborare con un medico condotto solo perché scoprì, troppo tardi per lui, che non si trattava di un dottore maschio ma di una dottoressa femmina. La poverina gli chiedeva con la massima gentilezza quali sintomi avesse e lui cocciutamente le rispondeva: «Non lo so. Voi siete il medico e voi lo dovete sapere».

Oggi grazie a Dio, e grazie alle pari opportunità, le cose non stanno più in questi termini. Perfino la Chiesa ha ammesso l'esistenza delle donne pensanti. Sull'argomento c'è stata una lettera apostolica di Giovanni Paolo II, intitolata *Mulieris dignitatem*, che ha affermato una volta per tutte la totale parità tra i due sessi. Abbiamo avuto donne magistrato, donne astronome e forse ne avremo qualcuna presidente della Repubblica. Ci si chiede, allora, in che anno è avvenuta la svolta. Per alcuni sarebbe stato il mitico Sessantotto, per altri, invece, il periodo '15-18, quello della Prima guerra mondiale. All'epoca, in Italia, quasi tutti gli uomini furono chiamati alle armi e le fabbriche vennero affidate alle donne. Dopodiché nacquero i primi casi di indipendenza economica femminile.

C'è, però, un'attività che non è stata mai praticata dalle donne ed è quella del filosofo. Che io sappia non si è mai sentito parlare di donne filosofe. Nessuna meraviglia, quindi, se nella storia della filosofia greca non abbiamo mai incontrato una Socrata o una Platona. Oddio, una ci sarebbe stata: si chiamava Ipparchia ed era la moglie di Cratete, ma da qui a chiamarla filosofa ce ne corre. Nel migliore dei casi la si potrebbe definire una barbona che frequentava il gruppo dei cinici di Atene, ovvero gli *squatters* del V secolo avanti Cristo. La sua famiglia fece di tutto per allontanarla da Cratete, ma lei, testarda, lo volle sposare lo stesso. Suo padre, il giorno prima del matrimonio, arrivò al punto di chiedere allo stesso filosofo di dissuaderla, e lui, pur di farsi schifare, sapendo di essere ributtante, le si presentò davanti, per strada, completamente nudo. Ma Ipparchia non si scandalizzò più di tanto, anzi, si spogliò anche lei e si accoppiarono in pubblico.

A parte Ipparchia, per trovare qualche altra filosofa dobbiamo arrivare ai giorni nostri. Nel ventesimo secolo non sono mancate le donne d'ingegno, nessuna di loro, però, potrebbe essere definita «filosofa» in senso stretto. Nel migliore dei casi abbiamo donne intellettuali appartenenti alle categorie più diverse (ideologhe, ricercatrici, scienziate, scrittrici, antropologhe, artiste, opinioniste, psicologhe e via dicendo), magari anche studiose di filosofia o storiche della filosofia, ma mai filosofe vere e proprie, e infatti delle due l'una: o viene chiamato filosofo chiunque è in grado di pensare, a cominciare dal mio vicesostituto

Cratete, pur di farsi schifare, sapendo di essere ributtante, le si presentò davanti, per strada, completamente nudo. Ma Ipparchia non si scandalizzò più di tanto, anzi, si spogliò anche lei e si accoppiarono in pubblico.

portiere Salvatore, che peraltro se lo meriterebbe, o fissiamo dei livelli minimi di riflessione teorica, al di sopra dei quali si è filosofi, e al di sotto solo esseri umani.

Ora, tanto per fare un esempio, prendiamo il mio caso: io spesso vengo presentato in Tv con questa premessa vergognosa: «Ed ecco a voi il filosofo De Crescenzo!». Più volte ho cercato di schermirmi. Più volte ho precisato che si è filosofi solo quando si è inventori di una teoria filosofica, e che io, proprio a voler essere di manica larga, al massimo potrei essere definito un appassionato. Niente da fare: per quelli della Tv sono un filosofo punto e basta. Una sola volta, ricordo, e sempre in televisione, ho avuto occasione di rassicurare un gruppo di esperti in filosofia (Emanuele Severino, Girolamo Cotroneo, Gianni Vattimo, Lucio Colletti, Sebastiano Maffettone e Carlo Augusto Viano) che altro non mi sentivo se non una di quelle scalette di soli tre gradini che si trovano nelle biblioteche e che consentono, a chi lo desidera, di prendere i libri che stanno nei ripiani più alti.

Mi accorgo però che, giunti a questo punto, urge buttare giù qualche definizione, e precisamente: che cos'è la filosofia? che vuol dire essere uomo? e soprattutto che vuol dire essere donna?

Al mondo esistono tre tipi di cose: quelle che si sanno, quelle che non si sanno, ma si credono, e quelle che non si sanno e non si credono ma sulle quali si discute.

Cominciamo dalle prime, dalle «cose che si

sanno», e facciamo qualche esempio: l'acqua, a certe condizioni di pressione, bolle a cento gradi. Se qualcuno non ci crede, non deve fare altro che prendere un pentolino, riempirlo di acqua, metterlo sul fuoco e aspettare che bolla. Poi prende un termometro e misura la temperatura dell'acqua non appena vede affiorare le prime bollicine. Dopodiché esclamerà: «Gesù, Gesù, ma sono proprio cento gradi!». Questa è la Scienza.

Poi ci sono le «cose che non si sanno, ma si credono», come ad esempio: esiste Dio? esiste l'Anima? esiste l'Aldilà? esiste il Paradiso? e prima di nascere dove stavamo? Ebbene, a voler essere sinceri, nessuno sa rispondere nemmeno a una di queste domande. Molti, però, credono di conoscere le risposte, e questa è la Religione.

Infine ci sono «le cose che non si sanno e non si credono, ma sulle quali si discute», e questa potrebbe essere la Filosofia: una manifestazione del pensiero umano posta giusto a metà strada tra la Scienza e la Religione. Primo requisito del filosofo: essere pieno di dubbi. Ciò non toglie che ci siano stati molti filosofi credenti come san Tommaso d'Aquino o come sant'Agostino, e molti filosofi non credenti come Bertrand Russell, un pensatore che scrisse anche un libro intitolato *Perché non sono cristiano*.

Il verbo più importante della filosofia è il verbo essere: da Parmenide in poi non si è parlato d'altro. Proviamo, allora, a chiederci come si pongono nei confronti dell'essere gli uomini e le donne. Ebbene, a parte il fare pipì seduta e non in piedi, che cosa distingue una donna da un uomo? Di sicuro il fatto che è lei a dover partorire ed è sempre lei a dover badare ai figli quando sono ancora piccoli. Queste due mansioni pratiche, e sottolineo pratiche, fanno sì che col tempo la donna diventi più «pratica» dell'uomo, e quindi meno predisposta alla speculazione filosofica, e in particolare alla metafisica.

Aggiungiamo a tutto questo che le donne possono essere divise in due gruppi a seconda dell'età: quelle del passato e quelle del presente. Quelle di una volta, poverine, non avevano alcuna possibilità di crescere intellettualmente. Relegate com'erano tra la cucina e la camera da letto, finivano con lo scambiare sì e no qualche frase col marito, con i figli e con i vicini di casa. Diversa, invece, la situazione delle nostre attuali compagne. Grazie ai nuovi mezzi di comunicazione (giornali, radio, Tv, Internet e via dicendo), oggi le donne possono confrontarsi con il resto mondo e crescere di pari passo. Diamo loro, quindi, ancora un po' di spazio, e soprattutto un po' di tempo, e state sicuri che, prima o poi, avremo anche le filosofe. Purtroppo per noi.

IX
Le donne e la Storia

A scuola abbiamo sempre avuto l'impressione che la Storia fosse stata scritta dagli uomini e non dalle donne, poi però, a rileggerla con maggiore attenzione, ci siamo accorti che anche il gentil sesso ci aveva messo del suo. Prendiamo ad esempio quel periodo di storia che va da Augusto a Nerone e proviamo a riscriverlo dal punto di vista delle donne che vivevano a corte: non si può fare a meno di notare come le varie Livia, Giulia Maggiore, Giulia Minore, Messalina, Agrippina e Poppea fossero disposte a tutto, perfino all'incesto, pur di mettere le mani sul potere. Non per se stesse, sia chiaro (a quel tempo non sarebbe stato possibile), ma per gli uomini a cui erano sentimentalmente legate (mariti, amanti e figli). E non a caso il loro campo di battaglia fu quasi sempre l'alcova e mai l'aula del Senato.

Livia

Livia Drusilla, bionda, bellissima, a diciannove anni andò sposa all'imperatore Augusto, dopodiché dedicò il resto della vita a un unico obiettivo: convincere il marito a nominare suo successore Tiberio, il figlio che lei aveva avuto in un precedente matrimonio dal vecchio Tiberio Claudio Nerone. Non arretrò di fronte a niente pur di raggiungere lo scopo: dalle giovani vergini, opportunamente addestrate, che introduceva nel letto del marito, alla spietata campagna di diffamazione contro la figliastra Giulia Maggiore e la di lei figlia Giulia Minore, i cui rispettivi amanti venivano puntualmente accusati di aver congiurato contro l'imperatore. Che poi queste accuse fossero fondate o meno non aveva alcuna importanza: data la condotta immorale delle due sunnominate, qualsiasi calunnia sarebbe stata subito creduta. Entrambe, infatti, andavano a letto con chiunque, e quindi anche con ogni sorta di lestofanti assetati di potere.

Giulia Maggiore

Di Giulia Maggiore si parla sempre come di una ninfomane pazza, sempre insoddisfatta e sempre a caccia di nuove avventure. In realtà non era tanto il sesso a farle perdere la ragione quanto il desiderio di diventare la *first lady* dell'Impero. Arrivò al punto di ficcarsi nel letto del fratellastro Tiberio non appena qualcuno le disse che era il probabile candidato al posto di imperatore. E anche lui, Tiberio, diciamola tutta, l'aveva a sua volta concupita al solo scopo di mettersi in *pole position* nella gara di successione ad Augusto. In realtà il giovanotto era ancora innamorato della prima moglie, la dolce Vipsania Agrippina, ed era stato solo per ragioni politiche che l'aveva ripudiata, sebbene la poverina fosse incinta al terzo mese.

Il nuovo matrimonio di Giulia Maggiore, il terzo dopo Marcello e Agrippa, non riuscì, comunque, a modificarne la condotta: l'uno dopo l'altro si fece tutti i patrizi che le capitarono a tiro, come Quinzio Crispino, Sempronio Gracco, Cornelio Scipione, Claudio Pulcro, Marco Lollio e Iullo Antonio. All'epoca non uscivano i settimanali scandalistici, altrimenti io, oggi, sarei in grado di documentare quanto sopra con un dossier fotografico di tutto rispetto. Di lei, Seneca disse che praticava l'adulterio come se avesse prestato un giuramento alla dea Venere.

Chi, però, ci rimise le penne in tutto questo andirivieni di amanti fu il povero Ovidio. Che cosa in realtà sia successo tra lui e Giulia Maggiore non si è mai saputo, che però ci fosse di mezzo il sesso è sicuro. C'è chi afferma che sia stato Augusto a beccarli insieme, mentre stavano facendo l'amore, e chi insinua, al contrario, che sia stato Ovidio a vedere l'imperatore a letto con la propria figlia. Certo è che il giorno dopo finirono tutti e due in esilio: Giulia Maggiore alle isole Tremiti (*relegatio ad insulam*), e Ovidio a Tomi, un paesino dimenticato da Dio e dagli uomini, sul Mar Nero.

Interrogato in proposito, il poeta ammette di

aver commesso almeno due sbagli, o meglio, per usare le sue parole, un *carmen* e un *error*. Sul *carmen* non ci sono dubbi: era l'*Ars amatoria*. D'altra parte, perché meravigliarsene: pubblicare a quei tempi un manuale su come, dove e quando fare sesso a Roma non poteva non attirargli addosso i fulmini dei benpensanti e, in primo luogo, quelli di un bacchettone del calibro di Augusto. Sull'*error,* invece, tutte le ipotesi sono possibili, e Ovidio stesso ce ne suggerisce una:

> *Gli unici colpevoli sono stati i miei occhi.*
> *D'altronde cose di questo genere capitano*
> *a tutti: anche il povero Atteone un giorno vide,*
> *non volendo, Artemide farsi il bagno nuda*
> *e subito dopo venne sbranato dai cani!*
>
> (*Trist.*, II, 103 sgg.)

A pensarci bene, da questa storia se ne potrebbe ricavare un bel film, sul genere di *Sliding Doors:* un disgraziato, mentre si aggira per i corridoi dei palazzi imperiali, apre una porta invece di un'altra, vede quello che non avrebbe dovuto vedere, e tutta la sua vita cambia di colpo.

Giulia Minore

La bella nipotina di Augusto, figlia di Marco Agrippa, quanto a scappatelle, non aveva nulla da invidiare a sua madre: già a sedici anni se l'era spassata con il fior fiore dell'aristocrazia romana.

Ovidio, aprendo una porta invece di un'altra, vide Augusto a letto con la propria figlia Giulia.

L'imperatore non ne poteva più delle sue continue scappatelle. Si dice che un giorno, fuori di sé, abbia esclamato: «Ah, quanto sarebbe stato meglio non aver mai avuto una figlia e una nipote!».

A conti fatti, la Minore, in quanto a rapporti extraconiugali, non era minore a nessuno: ebbe, infatti, più amanti della madre, e Augusto l'avrebbe anche perdonata se non si fosse messa con un certo Lucio Emilio Paolo, un ex console sospettato di tramare ai suoi danni. Vera o falsa che fosse la notizia, la Minore fu mandata in esilio a Trimero, un'isola deserta al largo delle Puglie, e Lucio Emilio Paolo torturato e condannato a morte.

Messalina

Il dizionario della lingua italiana Sabatini-Colletti alla voce «messalina» riporta la seguente definizione: «donna depravata, priva di morale, la cui vita è improntata alla dissolutezza». E anche lo Zingarelli, più conciso, non ne dà un significato positivo. Sta di fatto che oggi nessuno darebbe il nome di Messalina a una figlia, laddove di Livie e di Giulie se ne contano a migliaia. Eppure, credetemi, Messalina non fu la peggiore. Di sicuro era più onesta delle signore di cui abbiamo appena parlato, o, se non altro, la più sincera. A lei il sesso piaceva proprio in quanto sesso e non lo praticava solo per raggiungere fini politici.

A Messalina toccò in sorte, come marito, l'imperatore Claudio, il migliore di tutti dal punto di vista intellettuale, ma anche il peggiore dal punto di vista estetico. Claudio era un omaccione balbuziente, curvo e con le gambe rachitiche: a tutto faceva pensare tranne che a un latin lover. Si creò allora tra i due coniugi un patto di mutua assistenza: lei gli procurava le schiave più carine e lui ordinava, nel vero senso del termine, ai suoi soldati di «montare» la moglie. I guai, però, cominciarono non appena Messalina volle strafare. Finché consumò i suoi tradimenti all'interno della stanza da letto, tutto andò per il meglio, poi un bel giorno s'innamorò di un certo Silio, l'uomo più bello di Roma e, approfittando del fatto che il marito era fuori per una delle tante guerre, volle sposarlo addirittura con una regolare cerimonia pubblica. Non l'avesse mai fatto: Claudio tornò più incavolato che mai e li fece fuori tutti e due. Lui fu torturato e giustiziato, e lei pugnalata mentre abbracciava la madre.

Agrippina

Agrippina fu, in pratica, una fotocopia di Livia. Come lei, infatti, ce la mise tutta per far diventare imperatore il figlio Nerone. D'altra parte, quello era il massimo dei traguardi cui poteva aspirare una matrona romana nel primo secolo dopo Cristo. Dal momento che, in quanto donna, i romani non l'avrebbero mai accettata come capo di Stato. Non le restava, quindi, che puntare al ruolo di moglie o di madre dell'imperatore, e lei, Agrippina, era riuscita a ricoprire entrambi i ruoli. Fu, infatti, la quinta moglie di Claudio, e subito dopo la madre di Nerone. La sua amorevole dedizione nei confronti di quest'ultimo, però, non venne ricambiata. Fu proprio Nerone, infatti, a farla uccidere da un sicario. Qualcuno gli aveva sussurrato in un orecchio che la mamma stava tramando ai suoi danni per favorire il legittimo erede Britannico, figlio di Claudio, e tanto gli bastò per condannarla a morte. Prima cercò di avvelenarla con un piatto di funghi, poi, non essendoci riuscito, la fece spingere in acqua da uno dei suoi sgherri durante una crociera. Agrippina in un primo momento si portò in salvo a nuoto, subito dopo, però, fu raggiunta a riva da un pretoriano e pugnalata nella vagina. Pare che le sue ultime parole siano state: «Colpisci il ventre che concepì Nerone». E pensare che pochi anni prima era arrivata al punto di offrirsi al figlio come amante, a patto che lui non lasciasse Ottavia per sposare quella svergognata di Poppea!

Poppea

Di Poppea, oltre al fatto che amava fare il bagno nuda nel latte d'asina, e che morì (nel 65 d.C.), mentre era ancora incinta, per un calcio al basso ventre sferratole da Nerone, sappiamo poco o nulla. A detta dei maligni, per una decina d'anni fu lei a dettare legge a Roma: come prima cosa costrinse Nerone a divorziare da Ottavia. Poi, per sentirsi ancora più sicura, la fece uccidere da un suo sicario. Insomma, si comportò né più né meno di come si erano comportate tutte le dame che l'avevano preceduta. Lui, Nerone, la lasciava fare, e quando lei per qualche motivo gli rompeva l'anima, si fingeva pazzo.

Intermezzo
Sedotte e abbandonate

Sono più numerosi i sedotti e abbandonati o le sedotte e abbandonate? Dipende dall'età: sotto i venti sono più numerosi gli abbandonati, dai quaranta in su le abbandonate. L'adolescenza per i maschi è un'età davvero ingrata: mentre le sedicenni sono già donne, e pertanto vengono corteggiate da tutti, anche dagli adulti, loro, gli studentelli, non sono ancora né carne né pesce: hanno i brufoli, scrivono le poesie e si masturbano pensando alle coetanee. Poi, una volta superati gli «anta» i ruoli si invertono; sono le donne ad aver paura della solitudine. Sarà perché la bellezza svanisce prima dai visi femminili che da quelli maschili, sarà perché gli uomini a volte permutano la loro metà con un modello più giovane, sarà perché il potere è quasi sempre nelle mani dei maschi, certo è che è più facile imbattersi in una donna che sta piangendo per amore, che non in un uomo che si sta strappando i capelli perché la sua bella lo ha appena lasciato. Ciò nonostante, se andassimo a fare un sondaggio, scopriremmo che i sedotti sono molto più numerosi dei seduttori. Ciascuno, infatti, uomo o donna che sia, dichiarerebbe in perfetta buonafede di aver sofferto nella vita molto di più di quanto non abbia fatto soffrire, e questo perché si dimenticano le mazzate inferte e si ricordano benissimo quelle ricevute. Io, ad esempio, mi ricordo come se fosse oggi di quanto ho sofferto al liceo Jacopo Sannazaro di Napoli per colpa di una certa Gisella Castellini di anni sedici, donna senza scrupoli e di dubbia moralità.

A conferma di quanto sopra, nel cinema, nel teatro e nella letteratura le sedotte e abbandonate sono sempre state più numerose dei sedotti e abbandonati: il numero delle madame Butterfly che scrutano l'orizzonte nella vana speranza di vedere apparire un fil di fumo supera di gran lunga quello degli Humbert Humbert, il protagonista di *Lolita*, che piangono per un amore non ricambiato. Nella mitologia greca, poi, l'essere sedotta e abbandonata è quasi una regola. Le storie differiscono poco una dall'altra. Volendole riassumere, lui la vede, la trova di suo gusto, le promette amore eterno, consuma e se ne va. Dopodiché lei resta come una stupida ad aspettarlo per mesi e mesi, se non addirittura per anni e anni. A un certo punto capisce che lui se l'è squagliata e comincia a maledirlo. Abbiamo un'Arianna che impreca contro Teseo, una Fillide che se la prende con Demofoonte, un'Enone che maledice Paride e via di questo passo.

Nascono così le *Heroides,* ovvero le lettere spedite dalle eroine ai loro rispettivi eroi, sempre nell'ipotesi che le eroine sapessero scrivere e gli eroi leggere. Io le ho tradotte, come dire... alla buona, ovvero a uso dei miei lettori, e per ciascuna lettera ho raccontato l'antefatto. Dico subito che a scrivere le lettere non furono le eroine, ma Ovidio. Non per questo, però, sono meno vere: se c'è stato al mondo un poeta che ha capito come sono fatte le donne, questo è Ovidio: sia nell'*Ars amatoria* che nelle *Heroides* è riuscito a tal punto a calarsi nell'animo femminile da diventare lui stesso una donna sedotta e abbandonata. Fosse nato in Francia, all'inizio dell'Ottocento, avrebbe di certo esclamato: «*Madame Bovary c'est moi*». Leggere per credere.

Arianna e Teseo

Tutto cominciò a Creta, a causa di una frase infelice scappata alla regina Pasifae mentre stava a letto col marito.

«Minosse mio,» gli disse «abbi pazienza: ma questa sera non mi va. Anzi, se proprio lo vuoi sapere, a me del sesso non importa niente!»

Non l'avesse mai detto: Afrodite, dea dell'Amore, offesa, si sentì chiamata direttamente in causa e decise di vendicarsi. Tramutò quel giorno stesso Pasifae in una ninfomane scatenata, e fece in modo che nessun uomo in età compresa tra i sedici e i settant'anni potesse avvicinarsi alla reggia senza subire le avance della regina. Dai dignitari di corte alle guardie del corpo, dagli amici del marito agli amici degli amici, dai servi ai giardinieri, tutti dovettero sottostare alle molestie sessuali dell'Insaziabile. Minosse era disperato. Che fare? A chi chiedere aiuto? Un bel giorno confinò la moglie in una zona sperduta dell'isola di Creta e ci mise accanto solo persone di sesso femminile. Ma anche questo isolamento risultò inutile: la povera Pasifae s'innamorò di un toro che pascolava in quei paraggi.

«Non è affatto male quel toro!» confidò un giorno la regina a una delle sue ancelle. E subito dopo aggiunse: «Bisogna venire qui più spesso».

Al toro, comunque, Pasifae non piaceva. A lui, giustamente, piacevano solo le vacche, e della regina tutto si poteva dire tranne che fosse una vacca, anche se moralmente, diciamo la verità, lasciava un po' a desiderare. Pasifae, allora, si fece costruire da Dedalo una statua a forma di vacca e ci si mise dentro. Per saperne di più si consiglia il lettore di visitare il Palazzo Te di Mantova e di chiedere del dipinto di Giulio Romano, o di consultare il terzo capitolo della *Biblioteca* di Apollodoro, quello dove il grammatico racconta:

> *che Pasifae s'invaghì della bestia e che con la complicità di un architetto fuggito da Atene a causa di un omicidio, un certo Dedalo, si fece costruire una vitella di legno montata su ruote, vuota all'interno e al di fuori rivestita di pelle bovina. La regina vi s'infilò dentro, e il toro la montò voglioso come se realmente fosse una vacca.*
>
> (*Bibl.*, III, 4)

Da un rapporto mostruoso come quello non poteva che nascere un mostro, e difatti venne fuori un essere orribile, il cosiddetto Minotauro. A sentire Plutarco era «un'ibrida forma in cui convivevano nel medesimo istante due nature diverse, quella dell'uomo e quella del toro» (Plutarco, *Vita di Teseo*, 15).

Lo scandalo fu enorme. I cretesi per prendere in giro Minosse, e ricordargli che era stato tradito anche con un toro, ogni volta che lo vedevano passare per le strade di Creta gli facevano il segno delle corna (che da quel giorno divennero il simbolo stesso del tradimento). Lui, poverino, avrebbe voluto sopprimere il Minotauro, ma gliene mancò il coraggio: era pur sempre un suo figliastro. Decise allora di nasconderlo agli occhi della gente e lo relegò in una prigione che fosse al tempo stesso confortevole e senza vie di uscita. Incaricò il solito Dedalo di costruirgli un complesso edilizio, poi chiamato Labirinto, dove era facile entrare e praticamente impossibile uscire. Infine, per dare da mangiare al mostro, ordinò a ciascuna delle città sottoposte al suo dominio di consegnare ogni nove anni quattordici giovanetti di buona famiglia, sette maschi e sette femmine.

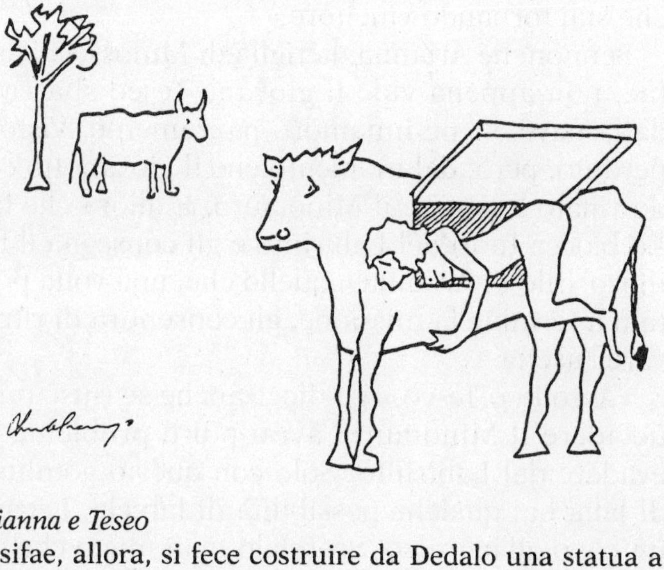

Arianna e Teseo
Pasifae, allora, si fece costruire da Dedalo una statua a forma di vacca e ci si mise dentro.

A questo punto trasferiamoci ad Atene e mettiamoci nei panni del re Egeo. A lui di sacrificare quattordici ragazzi delle più prestigiose famiglie ateniesi per darli in pasto a un essere orrendo generato da quella poco di buono di Pasifae non andava proprio a genio. Un bel giorno, perciò, decise di ribellarsi e incluse tra i giovani destinati al sacrificio il proprio figlio Teseo, già famoso all'epoca per il coraggio e la forza fisica. Basti dire che un giorno, a soli sette anni, aveva strangolato a mani nude un leone.

«O mio adorato figliuolo,» gli disse «va' a Creta e uccidi il Minotauro, ma mi raccomando, se riesci nell'impresa, quando torni, cambia il colore alle vele: togli quelle nere e metti quelle bianche, in modo che io, anche da lontano, possa sapere che stai tornando vincitore.»

Sennonché Arianna, la figlia di Minosse e Pasifae, non appena vide il giovane Teseo sbarcare dalla nave, se ne innamorò pazzamente. Visto e perduto, però, dal momento che il giovanotto era destinato a nutrire il Minotauro. E allora che fa? Lo blocca fuori del Labirinto e gli consegna il famoso «filo di Arianna», quello che, una volta portata a termine la missione, gli consentirà di ritrovare l'uscita.

«Ascolta o Teseo,» gli dice «anche se riuscirai a uccidere il Minotauro, avrai poi il problema di evadere dal Labirinto. Solo con questo gomitolo di lana hai qualche possibilità di farcela. Legane un capo all'ingresso. Srotolalo man mano che t'inoltri nei meandri, e infine, una volta eliminato il mostro, segui il filo a ritroso e troverai l'uscita. Giurami, però, che subito dopo mi porterai con te ad Atene e mi sposerai.»

Teseo promette, entra nel Labirinto, strangola il Minotauro e grazie al filo di Arianna trova la via di uscita. Dopodiché si precipita al porto per tornarsene a casa. Ma chi ti trova sotto la nave, ad aspettarlo, con la valigia in mano? Ovviamente Arianna. Lì per lì l'eroe non sa che fare. Si rende conto, però, che non può evitare di portarsela dietro, pur sapendo che ad Atene c'è un'altra fidanzata che lo sta aspettando: una certa Egle.

Arianna, intanto, più innamorata che mai, non appena sale a bordo lo copre di baci. Inutilmente Teseo cerca di calmarla: «Arianna, per favore, ci sono i marinai!».

Lei non riesce a trattenersi. Oltre tutto, a quei tempi, sulle navi greche non c'erano cabine, e certe effusioni venivano viste da tutti. Ma ecco comparire all'orizzonte un'isoletta ricca di verde: è l'isola di Nasso.

«Fermiamoci qui,» le propone Teseo «così potremo restare un po' per i fatti nostri.»

Attraccarono, scesero a terra e fecero l'amore dietro un cespuglio, ma Teseo, non appena si accorse che la fanciulla si era assopita, se ne tornò quatto quatto sulla nave e fece rotta su Atene. Da cui la famosa frase «piantata in Nasso» (e non «piantata in asso», come molti credono).

Una volta sveglia, la povera Arianna si accorse di essere stata abbandonata. Lanciò, allora, nei confronti di Teseo una tremenda maledizione, che gli farà dimenticare di cambiare il colore alle vele. Così il povero Egeo, scorgendo da lontano le vele nere, pensò che il figlio fosse stato divorato dal Minotauro e, non reggendo al dolore, si gettò dall'alto di capo Sunio in quel mare che poi avrebbe preso il suo nome.

Quella che segue, comunque, è la lettera che, secondo Ovidio, Arianna avrebbe scritto al suo eroe.

Da Arianna a Teseo

O Teseo malvagio,

colei che tu hai affidato alle belve è ancora viva, ma non preoccuparti: nessuna delle belve che mi circondano è più feroce di te. E se anche lo fossero, meglio fidarsi di loro, povere bestie, che di un uomo capace di mentire anche quando sta facendo l'amore. T'invio, comunque, questa missiva proprio da quella spiaggetta dove tu, approfittando del mio sonno, mi hai abbandonata.

Era l'ora in cui la terra comincia a cospargersi di brina e gli uccelli lanciano in aria i loro richiami d'amore. Sveglia solo in parte, nel torpore lasciato dal sonno, con gli occhi ancora chiusi, e sollevandomi appena, stesi le mani sul prato, ma tu non c'eri. Ritrassi le mani e provai una seconda volta a tastare l'erba, ma tu non c'eri. La paura, allora, mi prese: balzai in piedi e mi guardai attorno, ma tu non c'eri. Mi strappai i capelli, ma tu non c'eri. Guardai la spiaggia in lungo e in largo, ma tu non c'eri. Corsi di qua e di là nella speranza di vederti, ma tu non c'eri. Era appena spuntata la luna, ma tu non c'eri. La sabbia rallentava i miei passi, ma tu non c'eri. Gridai a lungo: «Teseo... Teseo... Teseo...», ma tu non c'eri. C'era l'eco invece, l'eco che ripeteva le mie parole. Io ti chiamavo disperata e le colline che mi stavano intorno urlavano il tuo nome per venirmi in aiuto.

Vidi un promontorio con pochi arbusti in cima. Di lì, pensai, avrei potuto guardare la vasta distesa del mare e, difatti, nel crepuscolo intravidi le tue vele gonfie che ti stavano portando lontano. O forse non le vidi, forse le immaginai soltanto. «O Teseo scellerato,» urlai «dov'è che stai fuggendo?» Ma tu non mi potevi udire. Allora legai un velo bianco sulla cima di un ramo perché almeno mi potessi vedere, ma neanche col velo riuscii ad attirare la tua attenzione. Piansi a lungo sul mio triste destino. Poi, una volta tornata sul prato dove fino a pochi momenti prima avevamo fatto l'amore, vidi le tue impronte sull'erba: erano nitide... lunghe come il tuo corpo... potevo solo toccarle...

L'isola era deserta. Non c'erano tracce di uomini né di lavori di buoi. Da ogni lato quella terra era circondata dal mare. Non un marinaio sulla spiaggia o una nave attraccata pronta a partire. E anche se ne avessi posseduta una, dove sarei potuta andare, di grazia, se perfino mio padre mi negava l'accesso nel luogo dove avevo avuto i natali? Dovunque fossi approdata mi sarei trovata in esilio, e con giusta ragione: avevo tradito il mio popolo quando, per impedire che tu morissi nel tortuoso palazzo, ti avevo consegnato il filo di lana che poi ti ha salvato. E ora ti chiedo: perché non hai ucciso anche me il giorno in cui hai strangolato mio fratello? Avrei risolto tutti i miei affanni, mentre adesso dovrò attendere la carità di un fulvo leone, o di una tigre affamata, per porre fine ai miei giorni.

Ah, sonno crudele, perché mi hai trattenuta? E perché, dal momento che avevi deciso di non svegliarmi, non mi hai fatto piombare in un letargo senza fine? E crudeli anche voi, o venti, che avete permesso alla nave di allontanarsi, e crudele lo spergiuro che mi uccise il fratello. Contro di me, ingenua fanciulla, hanno congiurato in tre: il sonno, i venti e la promessa non mantenuta.

Arianna, figlia di Minosse

Finalino

Ad Arianna, però, le cose non andarono tanto male: dopo un po' che vagava per l'isola di Nasso incontrò il dio Dioniso (Bacco, per i romani) che le fece subito la corte. Ebbene, vuoi per la disperazione, vuoi per spirito di rivalsa nei confronti di Teseo, fatto sta che la fanciulla si fidanzò seduta stante col nuovo arrivato e diede inizio a tutta una serie di orge in seguito passate alla storia col nome di «baccanali». Bevanda obbligatoria in queste feste, il vino: ci si ubriacava fino a perdere i sensi. Non a caso le baccanti erano dette anche menadi, ovvero «donne invasate».

Un giorno l'indovino Tiresia, accusato di aver partecipato a una di queste feste nonostante la veneranda età, si scusò dicendo: «Il dio, quando si tratta di danzare e di bere, non va troppo per il sottile: non distingue il vecchio dal giovane, il povero dal ricco, l'uomo dalla donna. L'importante per lui è che gli venga reso onore, e l'unico modo di farlo è bere alla sua salute e fare l'amore fino a perdere l'uso della ragione. Viva ordunque il vino che allontana ogni dolore!».

Ritenuti immorali dalle autorità, i baccanali furono in seguito proibiti in tutto il mondo antico a partire dal 186 a.C. Oggi sembra siano tornati di moda: vengono detti «Rave Parties». Durante questi incontri, i giovani ballano, si ubriacano e si prendono una pasticca chiamata *ecstasy* che fa perdere il controllo della ragione. Pare, ma non è sicuro, che si lascerebbero andare fino a fare l'amore di gruppo, pratica, questa, non del tutto negativa dal momento che, nella circostanza, chi vuole può anche dormire.

Ero e Leandro

Non c'è storia più drammatica in tutta la mitologia greca di quella di Ero e Leandro.

Lei, Ero, sacerdotessa di Afrodite, abitava a Sesto, sulla riva sinistra dell'Ellesponto (l'odierno stretto dei Dardanelli); lui, Leandro, giovane di belle speranze, ad Abido, sulla riva destra del medesimo stretto. Tra i due, in pratica, tre chilometri di mare: come a dire quel tanto che bastava perché non si potessero mai incontrare. E invece il destino che fece? Li pose l'uno di fronte all'altro durante una festa religiosa. Leandro non fece in tempo a dire «piacere» che già si era innamorato. Purtroppo non poteva farle alcuna proposta, dal momento che a quei tempi le sacerdotesse di Afrodite erano come le nostre monache oggi: tutte votate alla castità. Incredibile a dirsi, infatti, le ancelle di Afrodite propagandavano l'amore fisico in tutte le sue varianti pur non potendolo praticare. E anche Ero, poverina, malgrado fosse a sua volta innamorata di Leandro, più che sognarselo a occhi aperti non poteva fare.

Il giovanotto, comunque, non si arrese per così

poco, e ogni notte, quando nessun occhio indiscreto lo poteva vedere, la raggiungeva a nuoto. Certo è che nuotare per tre chilometri all'andata e tre al ritorno non doveva essere uno scherzo: ma quando si è giovani, e soprattutto quando si è innamorati, si fa questo e altro. Non essendoci, però, all'epoca né fari, né lampioni, né altre luci di segnalazione, lei, Ero, non appena vedeva calare il buio saliva in cima a una torre, e da lì, con una fiaccola, indicava al suo amante la giusta direzione.

Immaginiamoci ora Leandro mentre sta nuotando per raggiungere il suo amato bene: ha il corpo immerso nell'acqua e le braccia che ruotano come le pale di un mulino. Di tanto in tanto alza il viso per controllare se la direzione è giusta e, ogni volta, invia alla sua bella un pensiero d'amore: «Eccomi, tesoro, sto arrivando. Non vedo l'ora di abbracciarti!».

Una notte ci fu una terribile tempesta. Il vento spense la fiaccola e, salute a noi, il povero Leandro non riuscì a raggiungere l'altra riva. Il giorno dopo, Ero lo vide esanime sulla spiaggia: era morto stecchito. A quel punto, senza starci troppo a pensare, risalì sulla torre e si gettò a capofitto nel vuoto, in modo da cadere giusto accanto al corpo dell'amante. Fine della tragica storia.

Su questo amore sfortunato abbiamo due lettere: una di Leandro a Ero, e una di Ero a Leandro. Leggendole si capisce subito che i nostri due giovani avevano un unico nemico: l'attesa. È l'attesa, infatti, la vera protagonista di questo mito, non la

Ero e Leandro
Lei, Ero, non appena calava la notte, saliva su una torre, e da lì sopra, con una fiaccola, indicava al suo amante la giusta direzione.

seduzione né l'abbandono. Evidentemente, la notte in cui si scrissero, lui non aveva potuto gettarsi in mare per colpa del maltempo, e lei lo aveva atteso inutilmente fino alle prime luci dell'alba. Solo chi nella vita ha veramente amato sa che cosa vuol dire attendere, e queste due lettere ne sono una prova. Come, poi, siano arrivate a destinazione resterà per sempre un mistero. Non arrivano oggi che ci sono le poste, figuriamoci allora!

Da Leandro a Ero

O dolce fanciulla di Sesto,

il tuo ragazzo di Abido t'invia il saluto che preferirebbe portarti di persona se solo si placasse il mare. Questa notte, però, gli dei non hanno voluto che c'incontrassimo e non mi permettono di volare su queste onde come tante altre volte ho fatto. Tu stessa potrai renderti conto di quanto sia nero il cielo e di quanto sia sconvolto il mare. Questa mattina un solo marinaio ha osato affrontare i marosi, ed è a lui che ho affidato la mia lettera. Stavo per imbarcarmi anch'io, ma tutti gli abitanti di Abido, e per primi i miei genitori, mi avrebbero visto, e allora addio al nostro segreto.

Nel consegnare la missiva, proprio mentre la chiudevo, l'ho accostata alla bocca e ho mormorato: «Va', o lettera beata. Va' e oggi stesso lei ti toccherà con la candida mano, e chissà che non ti porterà anche alle labbra per spezzare con i dentini il rosso sigillo. Oh quanto preferirei nuotare piuttosto che inviarti al mio posto!».

Gli dei, però, ancora non vogliono farmi felice, ed è già la settima notte che il maltempo m'impedisce di vederti. Io sto qui, seduto su una rupe, guardo la spiaggia dove vive il mio amore lontano e me la immagino in trepida attesa. Poi vedo la fiaccola che brilla sulla torre e tento di nuovo: tre volte, la notte scorsa, ho deposto la candida veste sulla sabbia, e tre volte ho affrontato le onde. Niente da fare: il mare rigonfio mi ha sempre respinto con sordo fragore.

«O ingrata Borea,» ho urlato «sappi che è contro di me, e non contro il mare, che tu stai scagliando i tuoi colpi spietati! Abbi pietà, ti prego, di un'anima che soffre: mandami una dolce brezza che mi possa portare là dove mi porta il cuore! Oh quanto vorrei che in questo momento Dedalo mi prestasse per una sola notte le sue ali audaci!»

E, mentre così andavo sospirando, ho richiamato col pensiero i momenti più belli del nostro furtivo amore. Ricordo tutto nei minimi dettagli: la notte era appena all'inizio. Avevo a lungo agitato le braccia perché tu mi potessi vedere, ma non una voce, non un fruscio giungeva alle mie orecchie, se non quello dell'acqua smossa dal mio corpo. Poi, tutto a un tratto, vidi la luce della tua fiaccola. «Eccola lì la mia fiamma!» urlai. «Eccolo lì il mio immenso amore!», e all'improvviso mi tornarono le forze. L'onda mi sembrò subito più cedevole. Mi arrampicai, infine, sulla riva e deposi nel medesimo istante la veste e il timore. La luna, quasi volesse venirmi in aiuto, mi offrì una tremula luce.

«O dea luminosa,» le dissi «volgi il tuo sguardo al mio amore segreto. Tu che una volta scendesti dal cielo per incontrare un mortale, sappi che anche la mia donna è simile a una dea. La sua bellezza non ha eguali! Solo il tuo viso, e forse quello di Afrodite, possono gareggiare con il suo candore. E se non credi alle mie parole, guardala tu stessa: come le stelle splendono meno ogni qualvolta tu appari, così le altre donne scoloriscono al suo confronto.»

O mia dolce Ero, mi accogliesti fra le tue calde braccia e ci demmo tanti e tanti baci: il resto è noto solo a noi, alla notte e alla complice torre. Poi, purtroppo, giunse la sposa di Titone, l'implacabile Aurora. E allora fummo costretti a darci in fretta gli ultimi baci, lamentandoci del fatto che la notte durasse così poco.

Il tuo Leandro

Da Ero a Leandro

O mio grande amore,

ti supplico: perché io possa godere realmente del bene che mi mandi per lettera, vieni tu stesso a darmelo. Sappi che mi è insopportabile l'idea di non vederti, e che anche se bruciamo di eguale fiamma, non è certo eguale la forza che ci sostiene. Gli uomini, credo, hanno un carattere più forte delle donne, e in particolare delle fanciulle innamorate: perfino un breve ritardo, infatti, ci getta nello sconforto più assoluto, mentre a voi, un po' per merito della caccia e un po' per la coltivazione dei campi, passa inosservato. E, quando tutto manca, per voi c'è sempre il foro, la palestra e il vino bevuto con gli amici. A noi donne, invece, tutto questo non è concesso e l'unica facoltà che ci resta è quella di amare.

Vuoi sapere come passo il tempo? Parlo alla mia nutrice. Le chiedo, stupita, quale causa abbia potuto rimandare la tua venuta. Oppure guardo il mare in burrasca e rivolgo ingiurie agli odiosi venti. E, se per un attimo le onde si placano, allora subito ven-

go presa dalla paura che tu non mi voglia più bene. A quel punto mi dispero. Poi scendo giù in spiaggia per controllare se ci sono delle orme, e infine chiedo in giro se qualche marinaio è giunto da Abido con qualche tua missiva. Insomma non faccio altro che parlare di te, che pensare a te, che chiedere di te, e quando giunge la sera salgo sulla torre per accendere l'amata fiaccola. In conclusione, ecco i discorsi che faccio alla mia confidente: «Pensi, o nutrice, che sia già uscito di casa? Oppure che ritarda perché i suoi sono ancora svegli e perché non vuole che lo vedano uscire? Oppure pensi che in questo momento si sia tolto la veste per ungersi il corpo di grasso e poi tuffarsi in acqua?».

Ella fa sì col capo e, stanca di udire sempre le stesse domande, a poco a poco si assopisce. Poi, quando la massima parte della notte è già trascorsa, anche nei miei occhi stanchi s'insinua il sonno. E allora ti vedo nuotare accanto a me. Sento le tue braccia umide intorno al mio corpo, e molte altre cose immagino che solo il mio pudore di fanciulla in questo momento m'impedisce di dire. O crudele Leandro, perché l'altra notte non sei venuto? Il mare, lo ammetto, era in burrasca, ma il vento non era così impetuoso da impedirti di venire. Dov'è finito quel grande nuotatore che sfidava le onde solo per avere un bacio?

A volte temo di essere stata danneggiata dalla patria. Ho paura che qualcuno possa dire che io, fanciulla tracia, non sono all'altezza di un uomo che è nato ad Abido. Qualsiasi ingiuria, però, sarei disposta a sopportare, piuttosto che saperti nelle braccia di un'altra donna, e che io muoia in questo stesso istante se ciò dovesse accadere. Benedetti allora questi venti impetuosi se sono gli unici responsabili dei tuoi ritardi. Altre volte, invece, sono tentata di venire io da te, a nuoto. Temo, tuttavia, di non reggere alla distanza, e allora ti vorrei proporre d'incontrarci a metà strada. Ci abbracceremmo felici sulla superficie del mare e, una volta sazi di baci e di carezze, ciascuno ritornerebbe alla sua riva.

Ero, sacerdotessa di Afrodite

Fedra e Ippolito

C'è poco da fare: la mitologia è così complicata nelle sue parentele, ed è così zeppa di avvenimenti collegati tra loro, che è facile perdersi. Avevamo lasciato Teseo su una nave diretta ad Atene, dove avrebbe dovuto incontrare la sua fidanzata Egle, dopo aver abbandonato su un'isola deserta quell'anima di dio di Arianna, e ce lo troviamo di nuovo, più arzillo che mai, che ha appena ucciso l'amazzone Antiope dalla quale ha avuto anche un figlio di nome Ippolito. Dopodiché, non contento di tutti i casini già combinati, convola a giuste nozze con Fedra, una delle tante figlie di Minosse. Ma come, dico io, proprio con Fedra ti devi sposare? Con la sorella di Arianna? Lo so, è difficile crederlo, ma lui era fatto così: quando si trattava di fare l'amore con una bella donna non andava troppo per il sottile. Peggio per chi ci capitava! D'altronde io riporto fedelmente quanto ho letto nei sacri testi, e precisamente in Euripide, Sofocle, Apollodoro, Plutarco, Pausania, Diodoro Siculo, Seneca, Racine, Swinburne e D'Annunzio (e spero di aver citato almeno i più importanti).

A questo punto, però, accade l'impensabile: Fedra s'innamora del figliastro! Sissignore, proprio così: s'innamora del giovane Ippolito, ovvero del figlio che suo marito Teseo aveva avuto da Antiope. Il ragazzo è una specie di boy-scout: ha fatto voto di castità alla dea Artemide, e ha come hobby la corsa, la lotta, il lancio del giavellotto e il salto in alto, tutte attività che pratica in un bosco, completamente nudo, come usava a quei tempi. Fedra un giorno lo intravvede da dietro un cespuglio e se ne innamora. D'altra parte il giovanotto ha un fisico eccezionale ed è quindi logico che una donna focosa come Fedra, guarda oggi e guarda domani, finisca col perdere la testa.

Quando Ippolito si accorge che la matrigna ha delle mire sulla sua persona, ne resta sconvolto e ovviamente la respinge. Al che lei, temendo uno scandalo, si uccide. Prima, però, di scendere nell'Oltretomba, per vendicarsi, fa sapere al marito, tramite una nutrice, che il giovane ha tentato di violentarla. Teseo, a sua volta, prega Poseidone perché faccia morire il figlio, e il dio delle tempeste ordina a un mostro marino di uscire dalle acque e di spaventare i cavalli del carro sul quale sta viaggiando quell'anima innocente. Per la cronaca, Ippolito muore giusto tra le braccia di suo padre e, un attimo prima di esalare l'ultimo respiro, gli racconta tutta la verità.

Ora, per capire fino a che punto Ippolito fosse casto, gli ateniesi lo ritrassero con un velo che lo copriva dalla testa ai piedi, ragione per cui la tragedia di Euripide fu anche intitolata l'*Ippolito ve-*

Fedra e Ippolito
Ippolito era solito correre completamente nudo nei boschi. Fedra se lo guardava da dietro un cespuglio. Ma, guarda oggi e guarda domani, se ne innamora perdutamente.

lato. La responsabilità di tutto questo era da addebitare ad Afrodite. La dea dell'Amore, offesa dal fatto che il bell'Ippolito avesse scelto come divinità di riferimento Artemide, e non lei, aveva creato i presupposti perché la vicenda si mutasse in una tragedia: in pratica aveva trasformato Fedra in una ninfomane scatenata e si era data da fare perché si innamorasse del giovanotto.

Ora, come spesso accade nei miti, la storia ebbe un seguito dopo la morte dei protagonisti. Ippolito venne resuscitato dal medico Asclepio, il più bravo di tutti in quanto a resurrezioni, e, una volta tornato in vita, si rifiutò di perdonare suo padre. Si trasferì, invece, in Italia, ad Ariccia, sui colli Albani, dove, a quanto pare, governò anche con grande saggezza.

Da Fedra a Ippolito

O mio adorato Ippolito,

leggi questa lettera sino alla fine e non aver timore: che male potrebbe farti una lettera? Perfino sui campi di battaglia i guerrieri leggono le lettere dei nemici.

Tre volte tentai di parlarti e tre volte mi s'inceppò la lingua tra i denti. Tre volte restai senza parole, mentre all'interno dell'animo mio sentivo lottare, l'uno contro l'altro armato, il Pudore e l'Amore. Il primo m'impediva di parlare, il secondo mi spingeva a farlo. E come tu ben sai, quello che l'Amore comanda non lo si può ignorare: egli regna sovrano e ha potere su tutti, anche sui re e sugli dei. Se ti spaventa la mia età matura non preoccuparti: più tardi arriva l'Amore e più intenso si mostra a chi ama davvero. Io brucio nell'anima, nel cuore e nel cervello. L'Amore, del resto, s'impara come tutte le altre cose di questo mondo, e se uno lo ha imparato fin da giovane, poi soffre molto meno quando si innamora da anziano. Chi, invece, come me, non lo ha mai conosciuto, soffre almeno il doppio. Ora, per capire fino a che punto ti amo, se oggi Era mi offrisse in cambio di questo amore il suo sposo divino, io continuerei a preferire Ippolito a Zeus.

A volte penso di essere stata condotta a questo amore dal Destino. Zeus, che mi fu avo, amò Europa dopo essersi mutato in toro. Pasifae, che mi fu madre, ingannò un toro per farsi coprire. Tuo padre uccise mio fratello, un mostro metà uomo e metà toro, e sedusse due donne della medesima casa. Teseo e il figlio di Teseo sedussero a loro volta due sorelle.

Ah, non t'avessi mai incontrato! Quel giorno a Eleusi rimasi ferita per sempre: un amore ardente mi penetrò fin dentro le ossa. Tu avevi una candida veste, i capelli biondi incorniciati di fiori, il viso luminoso cosparso di candido pudore. Eppure, nel medesimo tempo, eri forte e virile. Lungi da me i giovani ornati come se fossero donne: io amo quella tua severità, quei tuoi modi bruschi, quei tuoi capelli scompigliati e quel velo di polvere che a volte ti copre la fronte. Mi piaci quando corri nudo nei boschi, quando pieghi il collo di un cavallo ribelle, quando scagli l'asta il più lontano possibile, quando impugni una picca dalla punta di ferro acuminata, quando... Insomma, mi piaci sempre, qualsiasi cosa tu faccia. E non basta, per colpa di questo amore ho cambiato anche i miei gusti. Ormai, stenterai a crederlo, mi dedico ad arti fino a qualche giorno fa a me del tutto sconosciute. Mi piace andare per i boschi a caccia di fiere selvagge e scaglio anch'io, come te, il giavellotto sui cervi. Per me, oggi, la più importante di tutte le dee è Artemide, la cui insegna è l'arco ricurvo. Ciò non toglie che anche Afrodite abbia i suoi buoni diritti. Togli ordunque, o Ippolito, qualche giorno ad Artemide e concediti di tanto in tanto ad Afrodite. Riserva la ferocia alle belve e concedi la tenerezza a chi ti ama davvero.

Non preoccuparti di Teseo. Lui non si è mai preoccupato degli altri: ha strangolato il mio fratellastro, ha abbandonato mia sorella su un'isola deserta in mezzo alle fiere, ha trafitto tua madre per non sposarla, e questo solo perché, un domani, tu non potessi avanzare pretese sul regno di Atene. Per quanto riguarda, poi, il nostro vincolo di parentela, non avere alcun pregiudizio. Poteva aver valore ai tempi di Crono, ma da Zeus in poi, credimi, non si contano più gli incesti perpetrati dagli dei. La verità, o mio Ippolito, è più elementare: è bello solo ciò che piace.

La tua Fedra, figlia di Minosse

Laodamia e Protesilao

Triste storia, tanto per cambiare, anche quella di Laodamia e Protesilao. Lei era figlia di Acasto, il re di Iolco, e lui figlio di Ificlo, il re di Filace. Bella lei, bellissimo lui. Potevano sperare in un avvenire felice, e invece, come spesso capita nella mitologia, il Destino riservò loro una vita piena di tormenti. Ovviamente si amavano e altrettanto ovviamente fecero una brutta fine.

Cominciamo col dire che Acasto non era affatto d'accordo a concedere la mano di Laodamia a un povero cristo come Protesilao. A lui delle lacrime della figlia e delle promesse d'amore del giovanotto non importava un fico secco. Filace, il paese dal quale proveniva Protesilao, era un villaggio sperduto dell'entroterra greco, non paragonabile quindi a Iolco, città di grandi traffici e patria di Laodamia. A quell'epoca i re stavano molto attenti a stringere alleanze con altri sovrani, e lo facevano solo se ciò aumentava il loro potere contrattuale. Sennonché la fortuna (o la sfortuna, a seconda dei punti di vista) venne in aiuto ai due innamorati. Scoppiò la guerra di Troia e Acasto, come tutti gli altri re della Grecia, si vide obbligato a partire per il fronte.

«Ma come?» protestò lui. «Elena mette le corna a Menelao e io debbo partire per la guerra! Che ci vada lui a Troia! Che colpa ne ho io se quella è una zoccola!»

I suoi consiglieri, però, gli ricordarono il giuramento che aveva fatto a suo tempo: «O Acasto, tu hai promesso! Quando Menelao sposò Elena, tu giurasti insieme a tutti gli altri re della Grecia di difendere il suo onore in ogni occasione. D'altronde tu figli maschi non ne hai, e quindi non puoi esimerti dal partire».

«E se mia figlia si sposasse?»

«Allora tuo genero potrebbe prendere il tuo posto. Purché ci sia un maschio della famiglia che mantenga il giuramento. Ma come fai a farla sposare entro questa sera? La partenza della nave, ricordalo, è fissata per domani mattina all'alba.»

«Ci penso io» rispose Acasto, e mandò a chiamare Protesilao.

Insomma, Laodamia e Protesilao si sposarono in quattro e quattr'otto, e dopo una sola notte d'amore (una di numero) il novello sposo s'imbarcò per la guerra. A questo punto ha inizio il vero dramma. Era stato deciso dal Destino (ovvero dalla dea Ananke) che il primo guerriero acheo che avesse messo piede in territorio troiano sarebbe stato ucciso. Lo sapevano tutti e nessuno era disposto a scendere per primo dalla nave. Ma i troiani, non appena videro i nemici avvicinarsi alla riva, cominciarono a coprirli d'insulti, uno peggiore dell'altro, e questo fece andare in bestia il focoso Achille (anche lui partecipava alla spedizione). L'eroe stava lì lì per balzare a terra quando sua madre Teti, dea del Mare e in quanto tale invisibile, con una mano lo trattenne e con l'altra dette una spintarella a Protesilao. Il giovanotto non fece nemmeno in tempo a mettere un piede sul suolo troiano che venne trafitto dalla spada di Ettore. Non a caso Protesilao in greco voleva dire «primo fra tutti», quindi anche nella morte in guerra.

Una volta finito nell'Oltretomba, il buon Protesilao andò a protestare direttamente con gli dei del posto e qui, grazie all'intercessione della regina Persefone, riuscì a ottenere un giorno di proroga, anzi, per l'esattezza, tre ore di permesso.

Laodamia si è appena messa a letto, quando se lo vede comparire davanti più bello che mai.

«O mio dolce tesoro,» dice lui «non ti spaventare: io sono morto a Troia, ma gli dei degli Inferi mi hanno concesso ancora tre ore di vita. Adesso, però, non perdiamo altro tempo e facciamo l'amore.»

Lei, però, si rifiuta: tre ore le sembrano pochine, soprattutto se paragonate al suo immenso desiderio, e allora che fa? Decide di usarle per scolpire una statua di cera in tutto e per tutto simile al suo Protesilao. Lui avrebbe fatto da modello, e lei (peraltro ottima scultrice) da quel momento in poi avrebbe avuto ancora un marito da portarsi a letto ogni notte. D'accordo: era di cera, però sempre meglio di niente.

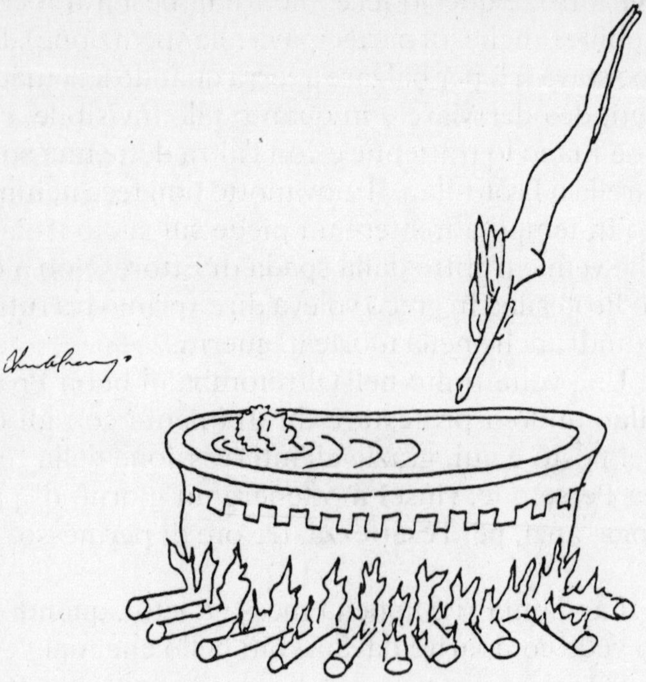

Laodamia e Protesilao
Laodamia, vedendo la statua del suo amore sciogliersi nell'olio bollente, si tuffa anche lei nel calderone.

Sennonché, dopo un paio di settimane, qualcuno si accorge di questo strano compagno di letto e lo va a riferire al padre.

«O Acasto,» gli dice «tua figlia deve essere impazzita: ogni notte va a letto con una statua, l'abbraccia e la copre di baci.»

Acasto, allora, comanda che la statua venga subito gettata in un calderone d'olio bollente. Non fa in tempo, però, a bloccare la figlia che, vedendo il suo grande amore sciogliersi nell'olio, vi si tuffa anche lei.

Racconta Plinio il Vecchio che Protesilao fu sepolto in Tracia, e che sulla sua tomba crebbe un olmo i cui rami erano sempre fioriti, sia d'estate che d'inverno, a eccezione di quelli che guardavano Troia che non sbocciarono mai.

La lettera che segue, piena di premonizioni, fu scritta da Laodamia qualche mese dopo che Protesilao era partito per Troia. La poverina ignorava la sua triste fine e sperava sempre di poterlo rivedere da un giorno all'altro.

Da Laodamia a Protesilao

La tessala Laodamia saluta il suo tessalo sposo,

mi dicono che non puoi tornare perché trattenuto dal vento. Ma dov'era quel vento, mi chiedo, il giorno in cui ci siamo lasciati? Allora sì che avrebbe dovuto spirare e il mare sollevare i suoi flutti impietosi per impedire a te di partire! Avrei potuto darti più baci e forse ti avrei fatto anche più raccomandazioni. E invece quel vento, così amico dei marinai e così nemico degli amanti, ti portò via da me per sempre.

Finché riuscii a vedere il tuo bel viso mi piacque guardare, e quando non vidi più la tua figura a poppa della nave guardai le vele, e quando non vidi più le vele guardai il mare. Poi all'improvviso mi si piegarono le ginocchia e caddi riversa sulla spiaggia.

Invano mio padre Acasto e mio suocero Ificlo cercarono di rianimarmi bagnandomi la fronte con l'acqua fredda del mare. Come mi tornò la coscienza, così mi tornò il dolore: ti avevo perso per sempre. Ora non ho più voglia di pettinarmi, ora non mi piace più indossare vesti dorate. D'altra parte, mi chiedo, per chi dovrei farmi bella, se non ci sei più tu a guardare? E come potrei farmi acconciare i capelli, sapendo che tu hai in testa un elmo di ferro? Passo le giornate vagando per la casa, giro di qua e di là senza meta, vado lì dove mi spinge il delirio.

Che maledetto tu sia, o Paride, figlio di Priamo, che tanti danni hai recato alla povera gente! E che maledetto tu sia, o Menelao, che per riportare a casa una sola donna ne hai fatto piangere mille! E maledetti siano Ilio, Tenedo, Simoenta, Xanto e Ida, tutti nomi che solo a sentirli nominare fanno venire i brividi sulla pelle! Ma più di tutti io temo quel tale che si chiama Ettore. Di lui si dice che abbia la mano ferma e il cuore spietato. Amore mio, ti scongiuro: guardati da Ettore, chiunque egli sia cerca di evitarlo. Che lo affronti Menelao se proprio ne ha voglia: lui almeno ha un buon motivo per farlo. È a lui e non a te che è stata portata via la sposa. Che gli altri, insomma facciano la guerra, e che il mio Protesilao faccia l'amore!

Quando uscisti di casa, a Iolco, sei inciampato, e questo per me è stato un cattivo presagio. Te lo ricordo perché tu possa avere riguardo per te stesso. Ciò detto, non essere troppo impetuoso in battaglia. Ma non basta: mi dicono anche che il primo di voi che metterà piede sul suolo troiano verrà uc-

ciso. Infelice allora quella donna che per prima piangerà lo sposo perduto! Fa sì che tra mille navi che arriveranno a Troia la tua sia la millesima, e una cosa ti chiedo più di tutte: scendi per ultimo.

Sia quando Febo è alto nel cielo sia quando si nasconde, io ti penso. Ma soprattutto è di notte che soffro. Per noi donne la notte è dolce quando possiamo poggiare il capo sul petto dell'uomo che amiamo. Un letto solitario, invece, non può che darci sgomento. A volte mi chiedo perché esiste la guerra? Dove correte, o danai? Perché non tornate ognuno a casa vostra? Può essere mai che il comportamento di una sola adultera possa generare tanto dolore? Invidio le donne troiane: loro, almeno, possono aiutare i loro uomini a indossare le armi, e quando, la sera, li vedono tornare dalla battaglia, aiutarli a togliersi l'elmo per poi coprirli di baci. Gli uomini troiani, poi, sapendo che le loro spose sono lì sulle mura che li stanno a guardare, combatteranno certo con maggiore prudenza. Fa' come loro, amore mio, e ricordati che, se davvero mi ami, devi avere cura di te.

Sappi, infine, che ho di te un'immagine in cera. Senza di lei, ormai, non saprei più vivere. Potessi darle la voce, avrei qui di nuovo Protesilao. Io la guardo ogni notte e me la stringo al petto. E ora chiuderò questa lettera con un ultimo monito: se hai cura di me, amore mio, abbi cura di te.

Tua Laodamia, figlia di Acasto

Didone ed Enea

Didone, figlia di Mutto, re di Tiro, ebbe una vita difficile fin da quando era una ragazzina. Suo fratello Pigmalione (che tutto era tranne che un pigmalione), pur di mettere le mani sull'eredità, prima le rubò i gioielli di famiglia e poi le uccise il marito Sicheo. Sennonché il defunto venne in sogno alla nostra eroina, e, dopo averle mostrato *il villoso petto trafitto dal ferro,* le svelò dove l'assassino aveva nascosto il tesoro paterno. Quella notte stessa Didone chiese aiuto ad alcuni amici fidati, e, una volta recuperati i gioielli, scappò in Africa, nell'attuale Libia, dove venne accolta con tutti gli onori dalla gente del luogo. Qui le regalarono tanta terra quanta ne avrebbe potuta contenere una pelle di toro. Lei, furba come tutti i fenici, tagliò la pelle in tante strisce sottili e delimitò un'area, la più ampia che fu in grado di circoscrivere, dove poter fondare una nuova città a cui diede nome Cartagine. Ma i guai, purtroppo, non erano finiti: un re dei paraggi, un certo Iarba, la chiese in moglie, e a lei, per quanti sforzi facesse, di unirsi con un buzzurro come quello lì proprio non le andava. Oltre tutto desiderava restare fedele alla memoria del marito. Rendendosi conto, però, che un eventuale rifiuto avrebbe potuto provocare una guerra, e forse anche la distruzione della città che aveva appena fondato, prima finse di accettare, e poi, durante il rito nuziale, si gettò fra le fiamme di una pira sacrificale.

A questo punto la storia sarebbe bella e finita se il poeta latino Virgilio non avesse avuto bisogno per l'*Eneide* di un personaggio femminile da affiancare a Enea. E allora ecco spuntare la versione virgiliana.

Enea, reduce dall'incendio di Troia, naviga in lungo e in largo per tutto il Mediterraneo. Ha con sé il padre Anchise e il figlioletto Ascanio. Tocca via via la Tracia, l'isola di Creta, Delo, le isole Strofadi e perfino l'Albania. Poi, un bel giorno, a forza di navigare, si stanca del mare e si ferma in Africa. E, guarda caso, capita proprio a Cartagine, dove incontra una bellissima donna di nome Didone. Perché non approfittarne? Lei, la regina, non fa in tempo a dargli un'occhiata che subito se ne innamora. Prima se lo guarda e poi gli chiede:

«Sei tu il famoso Enea, che la divina Venere
generò al dardanio Anchise presso l'onda del frigio
[Simoenta?»
Parla così e conduce Enea nel palazzo
regale, e indice nei templi cerimonie agli dei.

(*En.*, I, 617 sgg.)

La poverina vorrebbe, come già detto, rispettare la memoria della buonanima, ma anche a quei tempi valeva il detto «al cuor non si comanda». A dare poi manforte all'eroe ci si mette anche la madre, la divina Afrodite. La dea fa scoppiare una bella tempesta e, durante una partita di caccia, mentre tutti cercano un riparo, conduce Enea e Didone in una buia spelonca dove, per usare un'espressione cara a Totò, i nostri due eroi commettono la «schifezza».

A questo punto Didone lo nomina suo compagno a tutti gli effetti e quindi anche sovrano di Cartagine. I due tubano come colombi e

ora passano l'inverno in reciproche mollezze,
immemori dei loro regni, presi da turpe passione.

(*En.*, IV, 193 sg.)

Sarebbero vissuti felici e contenti se Ermes, e soprattutto se Virgilio, non si fossero messi in testa di portarlo in Italia. Ecco, grosso modo, quello che Ermes, il messaggero dai calzari alati, dice all'eroe il giorno in cui lo trova solo soletto che sta guardando il mare:

«Il sovrano degli dei che volge ad un cenno la terra
e il cielo mi manda a te dal luminoso Olimpo;
mi ordina di portare i suoi comandi sulle brezze
[veloci:
Che fai? con quale speranza consumi gli ozi nelle
[libiche
terre? Se nessuna gloria di grandi eventi ti muove
[e neanche intendi affrontare travagli per la tua fama],

guarda ad Ascanio che cresce, e alle speranze dell'erede
Iulo, al quale spettano il regno d'Italia e la terra
[*romana.*»

(*En.*, IV, 268-75)

Enea allora, senza starci troppo a pensare, saluta Didone e se ne va. Pare (ma non è sicuro) che la sventurata fosse anche in attesa di un figlio. Certo è che lei fa di tutto per non farlo partire. Lo scongiura, gli enumera i vantaggi che avrebbe se restasse a Cartagine, lo mette in guardia dai pericoli del viaggio e gli chiede di ritardare la partenza almeno di un giorno, se non altro per dar modo al mare di calmarsi, ma non riesce a convincerlo: lui è irremovibile.

«Scusami,» le dice «ma debbo proprio andare. Sono gli dei che me lo impongono.»

Allora lei, disperata, accende una pira, si conficca una spada nel petto e si getta tra le fiamme. Pace all'anima sua.

C'è un seguito, però, che non possiamo fare a meno di raccontare. Nel VI libro dell'*Eneide* l'eroe, dopo essere stato dalla Sibilla cumana, scende nel mondo dei morti e qui non fa in tempo a mettere piede nel girone di «coloro che un crudele amor consunse» che ha la sfortuna d'imbattersi proprio in Didone, la donna che lui ha abbandonato sola e piangente su una spiaggia africana. La derelitta, nel vederlo, vorrebbe scappare, ma Enea riesce ad agguantarla per la tunica. Ed ecco, grosso modo, quello che le dice:

Didone ed Enea
Didone, nel vedere Enea, vorrebbe scappare, ma lui riesce ad agguantarla e subito ne approfitta per rinnovarle le scuse.

> *Ahimè, ho provocato la tua morte? Giuro sulle stelle*
> *ed i celesti, e per la fede se ve n'è nel profondo della terra,*
> *a malincuore, o regina, partii per dal tuo lido.*
> *Ma il volere degli dei, che ora mi costringe ad andare tra*
> *[le ombre,*
> *per luoghi squallidi di desolazione e per la notte profonda,*
> *mi spinse con i suoi comandi; non potevo credere*
> *di darti con la mia partenza un dolore così grande.*

(*En.*, VI, 458-64)

Quest'ultima frase, pronunziata in latino, suona così: «... *nec credere quivi / hunc tantum tibi me discessu ferre dolorem*».

Con ogni probabilità lei rispose: «*Ma vaff...*». Questo, però, Virgilio non lo dice.

Da Didone a Enea

Questa lettera, o figlio di Anchise, te l'invia una Didone disperata, ormai decisa a morire. Le parole che stai leggendo saranno le ultime che ti giungeranno da parte mia. Farò come il candido cigno che si mette a cantare giusto un attimo prima di esalare l'ultimo respiro.

Stai per partire e io sento che non sarà certo questo messaggio a convincerti a non farlo. I medesimi venti che ti porteranno via porteranno via anche le tue promesse. Non ti attira una Cartagine già fondata. Preferisci un immaginario regno d'Italia che è ancora tutto da inventare. Ma specialmente, o sciagurato, tu fuggi da me senza sapere se dall'altra parte del mare ci sarà una Didone a cui fare le stesse promesse e gli stessi spergiuri. E se anche tutto andasse secondo i tuoi desideri, mi dici, o ingrato, come farai a trovare una donna disposta ad amarti come ti ho amato io? E allora ti chiedo, di grazia, perché non attendere che il mare si plachi? Io potrei godere ancora per qualche giorno della tua presenza, e tu, in cambio, potresti affrontare un viaggio più sicuro.

Io brucio come può bruciare una torcia di cera

impregnata di zolfo: ho sempre, giorno e notte, la tua immagine davanti agli occhi. Vedo un uomo che mi sta per abbandonare, e ciò nonostante non riesco a odiarlo. Mi lamento solo della sua indifferenza. A volte penso che Enea non esiste, che è solo un miraggio, che sono io stessa ad averlo creato. Lo prego, lo imploro, lo scongiuro, e lui parte lo stesso, e tutto questo malgrado che il mare sia ancora in tempesta. Sembra quasi che, pur di liberarsi di me, non gl'importi nulla di morire.

Supponiamo ora, o mio amato bene, che un turbine facesse davvero colare a picco la tua nave. Ebbene, chissà se un attimo prima di morire ti verrebbe in mente questa Didone abbandonata, tutta coperta di sangue e con i capelli scarmigliati? Proveresti o no degli scrupoli nei miei confronti? Ti pentiresti o no per non avermi dato ascolto?

Poi mi chiedo: come ho potuto ridurmi in questo stato? Maledetto sia il giorno in cui quel fosco acquazzone ci spinse sotto le volte di una grotta. È giusto, adesso, che io paghi per tutto questo. È il Pudore offeso che lo pretende. Sono le ceneri del mio povero Sicheo che mi condannano. Non posso non provare vergogna per quello che ho fatto. Eppure credimi: finché non ho conosciuto te, o figlio di Anchise, mi ero sempre comportata come deve comportarsi una donna dabbene: avevo fondato una città, innalzato alte mura ed ero invidiata da tutti i paesi vicini. Mille pretendenti mi volevano in moglie e io a mille pretendenti ho risposto di no. Poi sei arrivato tu, uno straniero sconosciuto, e io come una stupida mi sono lasciata prendere.

Forse sono incinta e, dal momento che ho deciso di morire, sappi che ti considero responsabile anche della morte di questo nostro possibile figlio. Se tu, infatti, non partissi, il tuo Ascanio tra qualche mese avrebbe avuto un fratello.

Avrei capito questa tua decisione se mi avessi chiesto di tornare a Troia: è il paese dove sei nato e mi rendo conto che potresti avere voglia di rivederlo. Non capisco, invece, perché vuoi per forza andare in un paese che non conosci. Evidentemente non è il Simoenta che ti attrae ma il Tevere, un fiume che non hai mai visto! Anche i tuoi compagni non vorrebbero rimettersi in mare: me lo hanno confidato personalmente, in gran segreto.

Ora vorrei che tu mi vedessi: ho davanti la lettera che ti sto scrivendo e sul grembo la spada troiana che porrà fine ai miei giorni. Le lacrime la stanno bagnando tutta in attesa che sia poi il sangue a coprirla. Vorrei che sulla mia tomba si leggesse questa frase: «A Didone, moglie di Sicheo», ma temo di non meritarla. Meglio allora una scritta più sincera: «Enea, figlio di Anchise, le fornì il motivo e la spada. Didone ci mise solo la mano».

Didone, figlia di Mutto

Deianira ed Eracle

Per raccontare tutto quello che si sa di Eracle e di Deianira non basterebbe l'intero libro. Per brevità mi limiterò a esporre i fatti principali, cominciando da quelli che riguardano Eracle, o Ercole che dir si voglia.

Alcmena, regina di Tebe, era famosa perché non si concedeva a nessuno, nemmeno al marito. Il poveruomo, di nome Anfitrione, ogni volta che ci provava si sentiva dire: «Sarò tua solo dopo che avrai ucciso gli assassini dei miei otto fratelli». E fu così che un bel giorno Anfitrione si decise a dichiarare guerra ai teleboi che, sia chiaro, non erano ballerini della televisione, bensì un popolo di feroci briganti. Ebbene, di questa strana situazione approfittò subito Zeus. Desideroso com'era di accoppiarsi con la bellissima Alcmena, una sera che si sentiva in vena le si presentò davanti dopo aver assunto le sembianze di Anfitrione e, *tomo tomo cacchio cacchio,* come avrebbe detto Totò, dichiarò di aver appena ucciso gli assassini dei suoi otto fratelli. L'incontro d'amore, dicono i mitologi, durò la bellezza di quattro giorni e quattro notti, anche grazie al fatto che Zeus aveva ordinato alle Ore di staccare i cavalli del Sole per impedirgli di sorgere. Da quei quattro giorni di copula ininterrotta non poteva che nascere un uomo dalla forza eccezionale, Eracle per l'appunto. Ora, per rendersi conto di quanto fosse forte anche da bebè, basti dire che una notte Era, moglie legittima di Zeus, per vendicarsi del tradimento subìto mandò nella sua culla due serpenti velenosi e che il pupo li strangolò entrambi in meno di un minuto, pur avendo solo dieci mesi.

Quanto a Deianira, per l'anagrafe era figlia di Eneo e di Altea, ma in realtà era una delle tante figlie di Dioniso. Quando giunse in età da marito, quelli che aspiravano alla sua mano erano così numerosi che per alloggiarli non bastò l'intero paese di Calidone. Quasi tutti, però, si ritirarono non appena seppero che per essere scelti bisognava affrontare in una gara di lotta libera prima Eracle e poi Acheloo, il dio dei Fiumi. Lo scontro tra questi ultimi due fu apocalittico. Acheloo era un essere malvagio capace di mutarsi in uomo con corna gigantesche, in toro, in serpente, e di far scorrere dalla propria barba torrenti di acqua gelida talmente copiosi da sommergere chiunque. Ma non basta: mentre lottava, copriva il suo avversario d'ingiurie pesantissime. Quando affrontò Eracle, come prima cosa lo chiamò «figlio di puttana», con chiara allusione a sua madre Alcmena e alla sua tresca ai danni di Anfitrione. Il nostro

Deianira ed Eracle
Nesso, subito dopo aver portato Deianira sulla riva opposta, tentò di violentarla, ma Eracle con un'unica freccia gli trafisse il cuore.

eroe, però, essendo di poche parole, fece finta di non sentire e gli mollò un cazzotto che lo stese lungo lungo per terra. Inutilmente il dio dei Fiumi ricorse a tutti i trucchi del suo repertorio: si mutò in serpente, in toro e poi di nuovo in uomo, ma non riuscì mai a impressionarlo. Eracle gli staccò una delle corna e gliela scagliò contro ferendolo gravemente.

Una volta fatto fuori l'unico avversario che aveva avuto il coraggio di partecipare alla gara, Eracle afferrò Deianira per un braccio e si mise in cammino per tornare in patria. Durante il viaggio, però, gli accadde un incidente curioso. Giunto sulla riva di un fiume, si rese conto che non c'erano ponti, barche, zattere né altro mezzo per attraversarlo. L'unica opportunità che gli veniva offerta era un centauro di nome Nesso.

«Non preoccuparti,» disse l'uomo-cavallo a Eracle «penserò io a trasportare te e la tua donna sulla riva opposta. Salitemi in groppa uno alla volta e state tranquilli. Con due viaggi vi porterò entrambi dall'altra parte: sono un ottimo nuotatore.»

Sennonché Nesso, subito dopo aver traghettato Deianira, approfittando del fatto che Eracle era rimasto sull'altra riva tentò di violentare la fanciulla. Ebbene, non l'avesse mai fatto: l'eroe, senza perdere un solo minuto, prese l'arco e lo trafisse al cuore. Ma il centauro, un attimo prima di morire, mormorò a Deianira: «O donna, raccogli il mio sangue in un'ampolla e usalo per impregnare una delle camicie del tuo uomo. Sappi che, con quella camicia addosso, lui non ti potrà mai tradire».

E veniamo al dunque: passano gli anni, ed Eracle s'invaghisce di una certa Iole, figlia del re Eurito. Al gigante la fanciulla piace moltissimo e vorrebbe averla senza indugi, ma il padre di lei glielo impedisce. Allora lui, degno figlio di Zeus, prima lo ammazza e poi se ne torna a casa trascinandosi dietro Iole come se fosse una schiava. A questo punto Deianira, fuori di sé per la gelosia, regala al marito la famosa tunica imbevuta del sangue di Nesso. Lei è convinta che quel liquido di colore rossastro impedirà al suo sposo di tradirla. Il sangue, invece, è un veleno potentissimo che non appena entra in contatto con la pelle umana comincia a bruciare. Inutilmente Eracle cercherà di strapparsi di dosso la tunica maledetta: insieme alla tela gli vengono via anche interi brandelli di carne. Per cui, non resistendo al dolore, piuttosto che bruciare a fuoco lento, preferisce gettarsi tra le fiamme di una pira che nel frattempo aveva innalzato. Deianira, affranta dal rimorso, lo segue da presso.

La lettera che segue s'immagina scritta da Deianira il giorno in cui ha visto il suo sposo presentarsi a casa con la schiava-intrusa. A essere sinceri, non avrebbe dovuto meravigliarsi più di tanto. Basti dire che, prima di questo episodio, Eracle ne aveva combinate di cotte e di crude: aveva violentato le cinquanta figlie di Tespio (sempre a proposito di fatiche), e si era invaghito a tal punto della regina Onfale da indossare monili e abiti da donna solo per farle piacere. Poi si sa dove si va a finire, a forza di eccessi. A Napoli si dice: «Dàlli e dàlli si scassano pure i metalli!».

Da Deianira a Eracle

O mio sposo,

mi è giunta una notizia incredibile: colui che nessuna fatica aveva mai piegato è crollato dinanzi a una femminuccia, tale Iole, donna insignificante di cui però tutti parlano. Lì dove Era aveva fallito, ha trionfato Afrodite. Ed è lei, la dea dell'Amore, quella che in questo momento ti sta umiliando! Colui che appena nato strangolò una coppia di serpenti è oggi alla mercé di una donnetta qualsiasi.

Forse sono stata io la stupida ad accettarti come marito. Al pari di un carro che va di traverso se a trainarlo sono due cavalli di diversa potenza, così un matrimonio va alla deriva quando c'è troppa differenza morale tra gli sposi. A questo punto, meglio uno sposo umile, che però stia sempre vicino alla sua donna, che non un grande eroe in giro per il mondo, continuamente in cerca di avventure. O Eracle, diciamoci la verità: tu non mi sei mai stato vicino. Mi sei più noto come ospite che non come marito. Più del mio affetto, t'interessano i mostri e le terribili fiere. E io, a questo tuo modo di intendere la vita, mi sarei pure abituata, se insieme alle fiere non frequentassi anche le femmine. Violentasti Auge nelle valli del Partenio, poi le cinquanta figlie di Tespio, e infine la regina Onfale, per amor della quale non provasti vergogna alcuna a indossare abiti femminili e a serrare le tue forti braccia e il petto villoso con monili e collane ricche di gemme. Come hai potuto, mi chiedo, adornarti di una cintura meonia, neanche fossi una donna di facili costumi! Si dice che, confuso tra le ancelle di Onfale, tu abbia persino filato la lana! Tu, l'uomo forte, tu, l'invincibile, tu, il terrore di tutti i criminali, curvo davanti a un telaio! E ora mi ritorni a casa con una nuova schiava. Te la fai sedere accanto sul car-

ro, e io non posso fare altro che guardarla. Lei attraversa la città, ma non come una prigioniera con i capelli sciolti e le catene alle caviglie, bensì tutta rifulgente di gemme e monili, e volge lo sguardo in giro come se fosse Eracle il suo schiavo e non viceversa. Eppure, o mio amore immenso, combattesti per me due volte: la prima col terrificante Acheloo, e la seconda col centauro Nesso.

Ora, però, mi giunge notizia che hai appena indossato la tunica imbevuta del sangue di Nesso, e che ti stai rotolando per terra per il troppo dolore. Evidentemente il sangue del centauro non era un filtro magico, come io credevo, ma un veleno micidiale. Ahimè, cos'ho fatto? Dove mi ha condotto la follia d'amore? A questo punto, credimi, non mi resta che morire.

Deianira, figlia di Eneo

Briseide e Achille

Quella di Briseide è una vecchia storia: servì soprattutto a Omero per giustificare «l'ira funesta che infiniti addusse lutti agli achei». Molti di noi l'hanno studiata a scuola, alle medie, quando hanno preso in mano per la prima volta l'*Iliade*.

Briseide e Criseide erano due belle ragazze turche: la prima figlia di Brise, re di Lirnesso, e la seconda figlia di Crise, sacerdote di Apollo. Un bel giorno, dopo una delle tante battaglie che precedettero la guerra di Troia, furono fatte prigioniere dagli achei e sorteggiate tra i vincitori. Briseide capitò ad Achille e Criseide ad Agamennone. Ebbene, incredibile a dirsi, Briseide, malgrado avesse visto con i suoi stessi occhi l'eroe greco scannare prima il marito e poi i fratelli, perse subito la testa per lui. Valle a capire le donne! Tutto, comunque, sarebbe finito a tarallucci e vino se Apollo non avesse ordinato a quell'altro gentiluomo di Agamennone di restituire la schiava Criseide al proprio padre Crise, suo sacerdote prediletto. A onor del vero, Agamennone non sollevò

Briseide e Achille
Briseide, malgrado avesse visto con i suoi stessi occhi l'eroe greco scannare prima il marito e poi i fratelli, perse subito la testa per lui.

alcuna obiezione. Si limitò a dire: «Quando si tratta di Apollo, per carità, questo e altro». Poi, però, pretese come risarcimento immediato la bella Briseide, ovvero la schiava che era stata già assegnata ad Achille. Di qui l'ira funesta, con tutte le conseguenze che portò.

Il nostro eroe, infatti, s'incavolò come una bestia, e come prima cosa prese a male parole il re dei re, ovvero Agamennone:

Ubriacone, occhi di cane, cuore di cervo,
mai vestir corazza con l'esercito in guerra
né andare all'agguato coi più forti degli achei
osa il tuo cuore: questo ti sembra morte.
E certo è molto più facile nel largo campo degli achei
strappare i doni a chi a faccia a faccia ti parla,
re mangiatore del popolo, perché a buoni a niente
[comandi;
se no davvero, Atride, ora per l'ultima volta offendevi!

(*Il.*, I, 225-32)

Dopodiché andò a protestare direttamente da sua madre Teti, la dea del Mare.

«O madre,» le disse «dal momento che mi hai messo al mondo per farmi vivere una vita breve, dovresti almeno garantirmi la felicità. E invece che fai? Permetti a un prepotente come il figlio di Atreo di offendermi e di strapparmi la dolce Briseide!»

E qui bisogna sapere che Teti non aveva sposato un suo pari ma un mortale. Zeus, infatti, avendo saputo che dal suo grembo sarebbe nato un figlio invincibile, per non avere un domani tra i piedi un rompicoglioni, oltre tutto immortale, che gli avrebbe potuto insidiare il trono, le aveva imposto come marito un mortale, e precisamente il giovane Peleo. Non che Teti, poverina, l'avesse accettato subito, senza protestare; anzi, aveva fatto di tutto per resistergli. Quando Peleo le si gettò addosso, lei si tramutò prima in fuoco, poi in acqua, in albero, in uccello, in leone, in serpente e in seppia. Come poi Peleo sia riuscito a stuprarla proprio mentre lei «faceva» la seppia resterà per sempre un mistero.

Adesso però mettiamoci nei panni di Briseide, e

cerchiamo di capire perché mai si era tanto invaghita dell'uomo che le aveva ucciso il marito e tre fratelli. All'epoca non era ancora conosciuta la «sindrome di Stoccolma», ovvero quella strana perversione grazie alla quale una sequestrata, invece di odiare il suo sequestratore, finisce per amarlo. Certo è che Briseide sarebbe stata felice di fare la schiava di Achille a vita, e perfino la schiava di sua moglie, pur di potergli restare accanto. Tuttavia, una volta finita nell'harem di Agamennone, accusa il suo precedente padrone e signore di non aver fatto abbastanza per liberarla.

«D'accordo che ti sentivi soprattutto offeso,» gli scrive «però, se mi volevi davvero bene, avresti potuto fare qualcosa di più per riavermi!»

Da Briseide ad Achille

O figlio di Peleo,

la lettera che leggi ti giunge dalla tua schiava Briseide. Perdona gli errori: la mano che l'ha scritta non conosce bene il greco, e le macchie che vedi sono dovute alle lacrime.

Mi rendo conto che, se sono stata assegnata in fretta e furia ad Agamennone, la colpa non è tua. È incontestabile, però, che tu non mi abbia difeso come avresti potuto. Quanto meno, la mia cessione al figlio di Atreo era rinviabile, e solo Zeus sa fino a che punto avrei gradito qualche giorno di ritardo. Fui costretta, invece, ad andar via dalla tua tenda senza nemmeno poterti dare un bacio. Mi strappai i capelli e piansi, ma inutilmente: tu non c'eri.

Ormai sono tante e tante notti che non mi vedi, eppure non mi cerchi e non mi reclami, e allora lascia che te lo dica, o mio signore: la tua ira è fiacca, troppo fiacca se la paragono al mio immenso amore! Cosa ho fatto io di male per meritarmi tanta indifferenza? E ora, anche se qualcuno mi dice che per questa vicenda ti saresti offeso, mi viene subito il dubbio che il tuo dispiacere sia dovuto più alla mancanza di rispetto del figlio di Atreo, che non al dolore per avermi perduto.

Ho visto crollare le mura di Lirnesso, ho visto morire col petto squarciato tre fratelli e uno sposo, eppure la sola tua presenza mi avrebbe potuto ricompensare di tutto il dolore sofferto. Quel giorno infausto tu diventasti per me, signore, fratello e sposo. Io stessa ti sentii giurare, sulla divinità della tua madre marina, che mi avresti amato per tutta la vita: e invece, pochi giorni dopo, mi hai abbandonata. Sappi che ti avrei seguito ovunque, che per te avrei fatto i lavori più umili, che avrei filato la lana sia di giorno che di notte, che avrei sopportato anche di diventare la schiava della tua prossima sposa. L'unica cosa che ti avrei chiesto in cambio sarebbe stata quella di non essere offesa da lei in tua presenza. Ora, però, ti prego: non mi abbandonare. Vienimi a riprendere. Il Miceneo, l'arrogante Agamennone, a tutt'oggi non mi ha ancora avuta. Fa' presto, fa' presto, fa' presto e corri dalla tua schiava.

Briseide, figlia di Brise

Medea e Giasone

I veri protagonisti di questo mito non sono Medea e Giasone, come alcuni potrebbero credere, bensì l'Odio e l'Amore. Chi dei due riuscirà a spuntarla? Staremo a vedere. La storia ha inizio con l'impresa degli Argonauti.

Nel XII secolo avanti Cristo (anno più, anno meno) l'eroe Giasone si presentò da suo zio Pelia, re di Iolco, per riavere indietro il trono che questi gli aveva sottratto con un colpo di mano. Giasone, infatti, era l'unico sopravvissuto a una strage di famiglia che lo stesso Pelia aveva perpetrato ai suoi danni molti anni prima. Una notte il tiranno aveva fatto sopprimere nel sonno, uno alla volta, sia il proprio fratello maggiore Esone che tutti i suoi figli, e Giasone si era salvato solo grazie all'intuito della madre Alcimeda la quale, prima ancora che iniziasse la carneficina, lo aveva pianto per morto durante un finto funerale. Poi, una volta diventato adulto, Giasone era tornato a Iolco e aveva rivendicato i suoi diritti ereditari. A questo punto Pelia, non sapendo che pesci pigliare, gli aveva raccontato una strana storia. Gli aveva confidato che tutte le notti veniva tormentato da un certo Frisso, un fantasma che pretendeva di riavere indietro una pelliccetta d'ariete, più nota come «vello d'oro», da lui dimenticata appesa a una quercia nella lontana Colchide. Aveva detto il tiranno: «Va', o Giasone, a recuperare quella pelliccetta e io sarò felice di restituirti il regno di tuo padre».

Ora, diciamo la verità, a Pelia del vello d'oro non gliene poteva fregare di meno: lui sperava solo che durante il viaggio in quelle terre fredde e inospitali il giovanotto ci rimettesse la pelle. Inizia così la famosa impresa degli Argonauti. Giasone ingaggia cinquantasei disoccupati greci, all'epoca chiamati eroi, e parte per la Colchide, ovvero per l'estremo est del Mar Nero. A titolo di cronaca, tra gli altri, fecero parte della spedizione Acasto, Admeto, Bute detto per l'appunto l'Argonauta, Castore e Polluce, Meleagro, Orfeo e Peleo, il padre di Achille.

La Colchide all'epoca doveva essere una specie d'inferno dei vivi. A parte il clima, infatti, la zona era nota per la ferocia dei suoi abitanti e del suo sovrano Eete. Lo storico Diodoro Siculo nella *Biblioteca storica* ce ne dà una descrizione scoraggiante:

> *È abitata da popoli barbari e selvaggi che uccidono chiunque vi metta piede. Non a caso il suo mare è chiamato Axeno, ovvero «il nemico degli stranieri».*
>
> (*Bibl. st.*, IV, 40-42)

E come se non bastasse Eete aveva messo a guardia del vello un drago insonne dall'alito pesante (uno solo dei suoi respiri bastava per far crepare chiunque si trovasse nel raggio di un chilometro), alcuni guerrieri armati che sbucavano all'improvviso dal terreno e due tori lanciafiamme. Ora, però, non starò a raccontare* tutte le prove che il povero Giasone dovette superare, dirò solo che non ce l'avrebbe mai fatta se non gli avesse dato una mano Medea, la figlia minore del re Eete.

Medea, diciamolo subito, non solo era bella, era anche una maga, oltre tutto figlia d'arte, dal momento che era figlia della maga Ecate, a sua volta figlia della maga Circe. A farla innamorare, poi, aveva provveduto personalmente Afrodite con l'aiuto del figlioletto Eros e delle sue frecce micidiali.

Una volta in preda alla passione, la principessa tradisce il padre e regala a Giasone un unguento miracoloso che lo rende invulnerabile alle fiamme dei tori, e in più gli dona uno spray che spruzzato negli occhi del drago lo farà addormentare. Insomma Giasone, grazie alle straordinarie virtù magiche della fidanzata maga, arraffa il vello d'oro e inizia il viaggio di ritorno, portando con sé la stessa Medea e il di lei fratello Absirto. Il re Eete, a sua volta, mette in mare una nave e si lancia all'inseguimento.

* Chi fosse interessato a saperne di più potrà leggere *Le Argonautiche* di Apollonio Rodio, la *Biblioteca storica* di Diodoro Siculo, le *Pitiche* di Pindaro e, perché no, anche il mio libricino sui grandi miti greci (Mondadori, 1999).

E adesso viene il bello: la nave di Giasone, dopo aver percorso tutto il Mar Nero per quanto è lungo, giunge in vista dei Dardanelli. Eete, però, è più veloce. La distanza tra le due imbarcazioni diminuisce a vista d'occhio. A un certo punto l'eroe si rende conto che, tempo dieci minuti, Eete lo ha raggiunto. Allora propone a Medea una cosa orribile.

«Tesoro,» le dice «la nave di tuo padre è più veloce della nostra: tra pochi istanti ci sarà addosso. Uccidiamo il tuo fratellino Absirto e gettiamolo a mare. Eete, vedendo il cadavere di suo figlio galleggiare sull'acqua, non potrà fare a meno di fermarsi.»

Ebbene, cosa credete che abbia risposto Medea a una proposta del genere?

«Oh che bella idea hai avuto, amore mio! Prima, però, facciamolo a pezzi, e buttiamo a mare un pezzo alla volta, così mio padre sarà costretto a fermarsi più spesso.»

Bei fetenti tutti e due!

E dal resoconto di Apollonio Rodio apprendiamo che perfino uno degli alberi della nave di Giasone si scandalizzò:

> *Assassini che non siete altro: Zeus vi*
> *ha visto! Che siate maledetti per sempre!*
>
> (*Arg.*, IV, 580 sg.)

Poi, una volta giunto a Iolco, Giasone non ha più bisogno di Medea e la pianta, nonostante che, tra una cosa e l'altra, abbia avuto da lei anche due figli. Quindi, per aumentare il suo potere in pa-

Medea e Giasone
Una volta ucciso il fratello di lei, Absirto, Medea dice a Giasone: «Gettiamone a mare un pezzo alla volta, così mio padre sarà costretto a fermarsi più spesso».

tria decide di prendere in moglie Creusa (o Glauce), una figlia di Creonte, in modo da mettere le mani anche sul trono di Corinto. Ovviamente Medea si infuria e lo maledice. Giasone a quel punto le fa due calcoli e cerca di farla ragionare.

«Medea mia,» le dice «a me di Creusa non importa assolutamente nulla. Sposandomi con lei, però, alla morte di suo padre, noi due erediteremo il regno di Corinto e saremo ricchi e felici per sempre. Renditi conto che la nostra Iolco, a paragone di Corinto, è poco più di un villaggio. Dopo il matrimonio, invece, potremo vivere tutti insieme: io, te, Creusa, i figli che ho avuto con te e i figli che avrò con Creusa!»

A parte Ovidio, di Medea hanno parlato un po' tutti. Fra i tanti ricorderemo i già citati Euripide, Apollonio Rodio e Diodoro Siculo, e i poeti greci

Pindaro e Pausania e latini Ennio, Accio e Varrone Atacino.

La lettera che segue s'immagina scritta da Medea un attimo prima di dare inizio a una serie di vendette, una più feroce dell'altra. Lei, in cuor suo, ha già deciso di eliminare la rivale Creusa e suo padre Creonte, ma neanche questi due cadaveri riescono a farle trovare pace. Vuole che il suo uomo soffra ancora di più e allora che fa? Decide di uccidere i suoi stessi figli, quelli, cioè, che lei ha avuto con Giasone. Da una parte, quindi, c'è l'amore per i propri figli, e dall'altra l'odio per colui che l'ha abbandonata. Bellissimo è il pezzo di Euripide dove Medea, prima di pugnalare i bambini, chiede loro un ultimo abbraccio:

> *Porgetemi, o figli, le vostre braccia, che io vi possa stringere al seno. Possiate essere felici, ma non sulla terra. Qui il padre tutto vi tolse.*
>
> (*Medea*, 1071 sgg.)

Ed è altrettanto bello il pezzo in cui Medea è ancora in dubbio. Prima dice a se stessa: «Cuore non farlo!». Quindi urla: «Mano non tremare!». Per poi, alla fine, lasciarsi prendere dalla paura di diventare lo zimbello di Iolco.

> *Voglio forse diventare oggetto di scherno e di riso? Potrò mai lasciare impunito il mio nemico? No, che non posso. Anche lui deve soffrire, almeno quanto ha fatto soffrire me.*
>
> (*Medea*, 1046 sgg.)

E Giasone, dopo aver visto i corpicini esanimi dei propri figli, le dice: «Anche tu, però, soffri, o maledetta!» e lei di rimando: «Sì, soffro, però il dolore mi si tramuta in gioia se solo mi accorgo che non puoi più ridere di me».

Da Medea a Giasone

O Giasone,

la tua Medea disprezzata e derisa spera che tu oggi, occupato come sei nelle cure del regno, riesca a trovare il tempo per leggere questa lettera. Eppure, se ben ricordi, quando arrivasti nella Colchide io, il tempo per venirti in aiuto, lo trovai. Ma all'epoca ero solo una maga e tu proprio di una maga avevi bisogno.

A volte mi chiedo: perché mai una nave, spinta da giovani braccia, giunse fino ai miei lidi? E perché mai noi Colchi, quando la vedemmo arrivare, non la respingemmo in alto mare? E perché mai mi piacquero tanto i tuoi biondi capelli, i tuoi modi gentili e la tua lingua mendace? Ah, fossi morta quel giorno! Gli anni che vissi in seguito furono per me solo anni di tormento! E poi ancora mi chiedo: perché non sei morto tra le fiamme dei tori, o sotto il colpi dei guerrieri sbucati dal terreno, o sotto il respiro mortale del drago insonne? Quanta cattiveria sarebbe morta con te se questi mostri ti avessero sopraffatto, e quante sventure avrei potuto stornare dal mio capo, se solo non ti avessi aiutato!

Seppi chi eri il giorno in cui mi apparisti per la prima volta. E fu lì che ebbe inizio il mio tormento: ti vidi e fui perduta. Arsi di un fuoco ignoto come può ardere una torcia di pino. Tu eri bello e il mio destino segnato. I tuoi occhi avevano rapito il mio sguardo. E tu, perfido, te ne accorgesti. D'altronde, come tenere nascosto il mio amore? Una fiamma brilla anche nel buio più assoluto se non altro perché è una fiamma che brilla.

A quel tempo eri un uomo come tanti altri. Creusa, la figlia del grande Creonte, non ti aveva ancora portato in dote il suo ricchissimo regno. Ricordo ancora il giorno in cui ci sposammo. Eravamo in un bosco di abeti dove il sole faceva fatica a entrare. Lì c'era un tempio dedicato ad Artemide e tu, con la tua bocca bugiarda, davanti all'altare della dea mi promettesti amore eterno. Per la precisione dicesti: «Che la mia vita si possa dissolvere il giorno in cui un'altra donna entrasse come sposa nel mio talamo». Così giurasti, se ben ricordi, e io, ingenua fanciulla, credetti alle tue parole. La tua destra si unì alla mia e io vidi dai tuoi occhi spuntare una lacrima. Poi, una volta ottenuto il mio aiuto, hai soggiogato i tori dagli zoccoli di bronzo, hai ucciso i guerrieri posti a difesa del vello, e hai addormentato il drago irto di squame.

Io ti donai la mia verginità. Per te tradii il padre, la madre, le sorelle e la patria, e tutto questo solo per seguirti in esilio, neanche fossi stata un trofeo che avevi conquistato in battaglia. Ma con quale risultato? Quello di farmi cacciare qualche anno dopo dalla tua casa. Perché poi in definitiva è questo che hai fatto. Un giorno mi dicesti: «Esci per favore dalla mia casa che debbo sposarmi di nuovo». E io per ubbidirti me ne andai insieme ai figli e all'amore che ho per te. Quell'amore che purtroppo mi segue ovunque io vada. Uscendo, però, udii le melodie nuziali che accompagnavano la tua novella sposa. Quel giorno piansi a lungo e a lungo piansero i miei schiavi. Si voltavano per non farsi vedere da me. Poi uno dei miei figli mi disse: «O madre, ho visto nostro padre camminare in testa a un corteo nuziale. Aveva indosso vesti dorate». Allora io con le unghie mi graffiai il petto. E, scarmigliata com'ero, stavo per gettarmi su di te quando uno dei miei schiavi mi trattenne.

Nella vita ho saputo domare tori infuriati, ma non sono riuscita a domare te, o Giasone. Ho respinto fiamme implacabili, ma non sono stata capace di sottrarmi alle mie stesse fiamme. Ho saputo addormentare un drago, ma non riesco ad addormentare me stessa. Quelle membra che ho salvato dai mostri in questo momento, forse, stanno abbracciando un'altra. Ma non sperare che io dimentichi: finché esisteranno il ferro, il fuoco e i frutti velenosi, nessun nemico di Medea resterà impunito. A che serve, però, preannunziare il castigo? Io stessa ho paura di quello che sto per fare: la mia mente sta meditando qualcosa di terribile!

Medea, figlia di Eete

Fillide e Demofoonte

Quello di Fillide è il caso tipico di donna sedotta e abbandonata. Lui, il bel Demofoonte, è uno sbrigativo latin lover (una botta e via). Lei, Fillide, una candida fanciulla alla sua prima esperienza amorosa. Lui la vede, le fa un po' di corte, le promette mari e monti e se la porta a letto. Poi, come in genere fanno gli sciupafemmine, se la squaglia, e chi si è visto si è visto. Tutto questo succede in Tracia all'epoca della guerra di Troia.

Fillide era la figlia del re dei bisalti e Demofoonte il figlio di Teseo (tale padre, tale figlio). A noi il compito di stabilire chi dei due fosse il più colpevole: se lui, che le promise amore eterno, o lei, ingenua fino alla stupidità. È normale, infatti, che durante un amplesso a uno dei due amanti scappi detto: «Oh, quanto ti voglio bene! Oh, quanto ti amo! Non appena posso tornerò da te e vivremo tutta la vita insieme». Ma è altrettanto normale che il destinatario di queste parole (o la destinataria) le prenda per quello che sono, ovvero per gemiti sfuggiti in un momento di eccitazione. Chi è senza colpa scagli la prima pietra.

La vicenda, comunque, ha i suoi risvolti drammatici: Fillide per nove volte scende alla spiaggia nella speranza di vederlo tornare, e per nove volte lo attende invano. Demofoonte le aveva detto che sarebbe tornato al primo plenilunio possibile, e inutilmente la poverina a ogni luna piena percorre il sentiero (poi chiamato «delle nove lune») che dalla reggia porta al mare. Nessuna nave si profila all'orizzonte e di Demofoonte nemmeno l'ombra. A questo punto la sventurata si beve un calice di veleno e, salute a noi, sprofonda negli Inferi.

Pare che la dea Atena, commossa dalla triste vicenda, abbia fatto nascere sulla sua tomba un mandorlo fiorito e che Demofoonte, una volta tornato in Tracia e resosi conto del guaio che aveva combinato, abbia abbracciato l'albero provocando la caduta di tutte le foglie. Si dice anche che da quel giorno i greci chiamarono le foglie *phýlla,* laddove, fino a quel momento, le avevano chiamate *pétala.*

Ma dove aveva sbagliato Fillide? È presto detto: nel restare sola. Ed è lo stesso Ovidio a ricordarcelo nei suoi *Remedia amoris*.

Chiunque tu ami, non restare mai solo.
Ti sentirai al sicuro solo tra la folla.
Ed è per questo motivo che la notte è più
triste del giorno. È proprio allora,
infatti, che ti mancheranno gli amici.

(*Rem. am.*, 580-84)

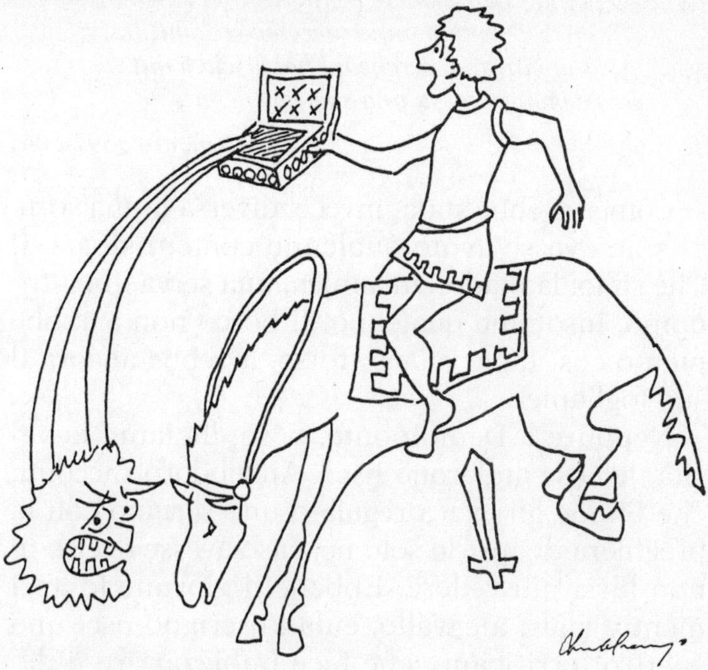

Fillide e Demofoonte
Dallo scrigno uscì uno spettro terrificante che fece imbizzarrire il destriero. Demofoonte, nel cadere, finì sulla propria spada e ne rimase trafitto.

Fillide, invece, come una stupida rimase sola, anzi solissima, senza un'anima viva a cui poter confidare le sue pene d'amore. Andava in riva al mare non appena vedeva la luna piena e scrutava l'orizzonte, per poi gettarsi a terra a piangere sulla sabbia.

«O perfido Demofoonte,» gridava tra i singhiozzi
alle onde che non hanno orecchie «perché mi fai
aspettare invano, perché mi hai lasciata qui,
sola e piangente, su una spiaggia deserta?»

(*Rem. am.*, 597-604)

Come sarebbe stata, invece, diversa la sua sorte se solo avesse avuto qualcuno con cui sfogarsi! Che so io: la madre, un'amica, una serva, un altro uomo, insomma qualcuno. Il bosco non avrebbe pianto così tanto e oggi, forse, avrebbe ancora il suo fogliame.

Neppure a Demofoonte, però, diciamo la verità, le cose andarono lisce. Apollodoro racconta che Fillide gli aveva regalato uno scrigno con la preghiera di aprirlo solo nel caso avesse deciso di non farsi più vedere. Ebbene il giovane lo aprì mentre stava a cavallo, e dallo scrigno uscì uno spettro terrificante che fece imbizzarrire il destriero. L'eroe, nel cadere, finì sulla propria spada e ne rimase trafitto. Pace all'anima sua.

Ma ecco la lettera che Fillide scrisse a Demofoonte dopo che per ben quattro volte era scesa alla spiaggia nella speranza di vederlo arrivare.

Da Fillide a Demofoonte

Caro Demofoonte,

sono la tua Fillide tracia, quella che un giorno ti ospitò con grande amore. Io mi lamento che tu sia rimasto lontano da me più di quanto avevi promesso. Dicesti che saresti tornato quando le corna della luna si fossero congiunte fino a formare un unico cerchio. Ebbene, tutto questo è accaduto quattro volte, e per quattro volte nessuna nave attica ha toccato la mia spiaggia. Ora se tu calcoli il tempo trascorso (e nessuno più di noi innamorati è bravo a calcolarlo) ti renderai conto quanto il mio lamento sia giustificato.

Ho continuato a sperare e a sperare ancora. Mi sono rifiutata di credere a tutte le ipotesi che mi recavano dolore. La verità, invece, è che tu sei colpevole anche se il mio cuore si rifiuta di ammetterlo. Da quando sei partito non ho fatto altro che mentire a me stessa: ho maledetto tuo padre Teseo pensando che fosse stato lui a non farti tornare. Ho temuto che le tempeste ti avessero fatto naufragare sugli scogli. Ho onorato gli dei con sacrifici profumati d'incenso perché t'inviassero venti favorevoli. Insomma ho fatto tutto quello che potevo fare e ho immaginato tutto quello che potevo immaginare, pur di trovare una benché minima giustificazione al tuo comportamento, ma tu, o Demofoonte, hai consegnato al vento sia le parole che le vele, e furono proprio le vele a portarti via da me per sempre.

Dove sono finiti, mi chiedo, i giuramenti, le promesse di fedeltà, la tua mano destra che stringeva la mia, e quel dio Amore tante volte invocato dalla tua bocca bugiarda? E io, folle, che ti ho anche fatto riparare la nave sconquassata per farti riprendere il mare! E io, stupida, che ti ho fornito i remato-

ri perché tu potessi partire qualche giorno prima. Le ferite che più mi fanno soffrire me le sono inferte da sola, e con le mie stesse frecce. Ho creduto alle tue dolci parole, alle lacrime, agli dei sui quali giuravi, e mi chiedo il perché di tante promesse quando ne sarebbe bastata una sola per sedurmi una volta per tutte. Non rimpiango di averti offerto un porto e una casa dove poter riposare. L'unica cosa di cui mi pento è averti fatto entrare nel mio letto, di aver unito il mio corpo al tuo. Sì, di questo mi pento! Non credo, però, che potrai menarne gran vanto. Che ci vuole, infatti, a ingannare una fanciulla innamorata? Spero che qualcuno un giorno t'innalzi una statua, al centro della tua città, e che sul basamento scriva la seguente frase: «Costui è l'uomo che ingannò la donna dalla quale era stato ospitato».

Mi è rimasta fissa nella mente la tua partenza. La nave era ormeggiata in attesa che anche tu t'imbarcassi. Prima mi abbracciasti, poi osasti anche baciarmi. A lungo restarono le nostre bocche unite. Le tue lacrime si mischiarono alle mie. Prima di salire sulla nave mi dicesti: «O Fillide, mi raccomando, aspetta il tuo Demofoonte!». E io, stupida, sono qui che aspetto. Dolente mi aggiro tra gli scogli e gli arbusti della marina. E quando vedo una vela avvicinarsi, m'inoltro nel mare nella speranza di vederti a prua; poi, una volta resami conto che non ci sei, cado svenuta tra le braccia delle mie ancelle.

Fillide, figlia di Filleo re dei bisalti

Saffo e Faone

Tutti sanno che alla poetessa Saffo piacevano le donne, quasi nessuno sa, invece, che proprio verso la fine della vita perse la testa per un uomo.

Lui si chiamava Faone ed era un anziano barcaiolo che per mestiere traghettava i turisti dall'isola di Leucade a quella di Lesbo. Un giorno una vecchietta gli chiese un passaggio, e lui, nel vederla quasi piegata in due e tutta raggrinzita, ne ebbe pietà, motivo per cui la trasportò gratis sull'altra isola. In realtà quella «vecchietta» era la dea Afrodite in persona, che, per premiare il suo gesto generoso, gli regalò una pomata miracolosa capace di trasformarlo in un giovane di eccezionale bellezza. Bastava una spalmatina su tutto il corpo per farlo diventare l'uomo più bello del mondo. Di Faone, infatti, s'innamorarono in pratica tutte le donne di Lesbo e tra queste anche la poetessa Saffo.

La storia, però, non poteva avere un lieto fine, altrimenti non sarebbe stata scelta da Ovidio per il suo poema. Le *Heroides,* ormai si è capito, altro non sono che un lungo elenco di pene d'amore, giacché l'amore non è amore se non genera sofferenza.

Ma torniamo al nostro Faone. Il pescatore, resosi conto che a Lesbo, volendo, poteva cambiare una donna al giorno, dopo una breve storiellina di sesso con Saffo, la molla di brutto e se ne parte per Catania con una bella siciliana dai capelli ricci. Non l'avesse mai fatto: la povera Saffo, non reggendo al dolore, si getta dalla rupe più alta

Saffo e Faone
Un giorno una vecchietta gli chiese un passaggio, e lui, nel vederla tutta raggrinzita, quasi piegata in due, la trasportò gratis sulla riva opposta.

dell'isola di Leucade e, salute a noi, passa nel mondo dei più. Ora, a detta di Ovidio, sarebbe stata una Naiade, o forse la stessa Afrodite travestita da ninfa, a suggerirle l'insano gesto. Con la scusa che quel mare era l'unico capace di farle dimenticare le pene d'amore, la convinse a gettarsi nel vuoto.

La lettera immaginata da Ovidio è, tra quelle a noi pervenute, la più «spinta». D'altra parte, anche a quell'epoca, Saffo era considerata la poetessa erotica per eccellenza. A parte, però, le frasi audaci, il verso più bello resta sempre quello dove Saffo dice a Faone: «Non ti chiedo di amarmi, ma di lasciarti amare» (*Heroides*, XV, 96).

Anch'io un giorno lo dissi a una compagna di liceo, ma lei mi lasciò lo stesso.

Da Saffo a Faone

Immagino che, leggendo questa lettera, tu capisca subito chi te l'ha inviata. Non credo, infatti, che le tue amiche siano in grado di scrivere una lettera come la scrivo io. D'altra parte, o mio bel Faone, io ardo d'amore per te, così come può ardere un campo di messi sotto l'indomito soffio dell'Euro. E dal momento che tu oggi sei nella lontana Sicilia, guarda nel cratere dell'Etna e capirai come mai il mio fuoco non abbia nulla da invidiare a quello di Tifeo.

Da quando ho conosciuto te, Faone, non mi attraggono più le fanciulle di Pirra e di Metimna, né tutte le altre donne di Lesbo, comprese Anactoria, Cidro e la splendida Attide che tanto mi piacquero a suo tempo.

Tu hai la bellezza e l'età giusta per dare e ricevere piacere. Sapessi suonare anche la lira saresti stato un secondo Apollo. Avessi le corna dorate, mi saresti apparso come un novello Dioniso. Con me, invece, la natura è stata ingrata: mi negò la bellezza.

A volte mi consolo pensando che se per un verso sono piccolina di statura, per l'altro il mio nome è diventato gigantesco: tutti mi conoscono, tutti mi apprezzano, tutti m'invitano. Non sono bella, è vero, ma quando leggo le poesie divento bellissima. Ricordo che, quando te le leggevo tu mi rubavi i baci da lontano. E anche quando eravamo a letto, confessalo, apprezzavi più di ogni altra cosa le mie parole adatte ai giochi di Eros, e solo in un secondo momento la mia lascivia e il mio sapermi dimenare sotto il tuo corpo. Quando poi, giunti alla fine della dolce unione, raggiungevamo il massimo del piacere, un profondo languore s'impadroniva dei nostri corpi stanchi.

Guardami adesso, invece, o Faone, e ti accorgerai come sono ridotta: ho i capelli che mi cascano in disordine sulle spalle. Non ci sono oro o gemme nelle mie chiome e una misera veste ricopre il mio corpo. D'altra parte mi chiedo: perché farmi bella se tu, l'unica persona al mondo che desidero, stai così lontano?

O mio adorato, dal momento che non sei ancora un uomo maturo, torna tra le mie braccia e restaci, o io commetterò qualche grave sciocchezza per dimenticarti. Non ti chiedo di amarmi, ma solo di lasciarti amare. Forse non dovrei parlarti in questi termini, eppure non posso farne a meno. Il Pudore e l'Amore, come tu ben sai, non vanno d'accordo. A volte chiudo gli occhi e mi sembra di appoggiare la testa sul tuo petto. Altre volte sento il sapore della tua lingua che s'intreccia con la mia... e allora succede che ti accarezzo... che ti stringo... che ti bacio tutto... e qui mi fermo perché ho vergogna a raccontare il resto.

Giorni fa sono stata nel bosco che ci vide per la prima volta insieme. Ho riconosciuto il prato dove giacemmo: l'erba era ancora piegata. Mi sono chinata e ho toccato il suolo dalla parte tua. Ho pianto e l'erba si è intrisa di lacrime. Perfino gli alberi che mi stavano intorno si sono messi a piangere, e questo solo per tenermi compagnia nel dolore.

Poi comparve una Naiade che mi disse: «O Saffo, se non vuoi più patire per un amore non corrisposto, va' a Leucade e tuffati in quel mare. Dall'alto di una rupe si gettò Deucalione quando s'innamorò di Pirra, e da quel giorno cessarono le sue pene d'amore. E non basta: restò anche incolume. Non avere, quindi, alcun timore. Gettati dalla rupe e finirai di soffrire. Quel mare ha questa proprietà».

Perciò ho deciso: andrò a Leucade e mi getterò in quelle acque. Qualunque sarà l'esito, mi sentirò sempre meglio di come mi sento adesso.

Aria, per favore, non tradirmi: sostienimi! E tu, Amore, prestami per qualche secondo le tue ali perché io possa cadere quanto più lentamente possibile! Ad ogni modo, o Faone, che tu abbia intenzione di tornare o di lasciarmi, fammelo sapere, magari con una lettera crudele, in modo che io possa decidere con calma se continuare a vivere o gettarmi nelle acque di Leucade.

La tua Saffo innamorata

Elena e Paride

Totò, nel film *Totò all'inferno,* scende nel girone dei lussuriosi e qui incontra alcune delle anime più chiacchierate del mondo antico. Al suo fianco c'è l'attore napoletano Dante Maggio che, novello Virgilio, gli presenta, una dopo l'altra, Cleopatra, Messalina ed Elena. Con quest'ultima, in particolare, i due si fermano a parlare, e Totò, al solo sentirsela presentare come «la famosa Elena di Troia», non può fare a meno di esclamare: «Questo nome non mi è nuovo».

Ma era davvero così depravata Elena? Secondo il sofista Gorgia di Lentini non lo era affatto. Sia che la decisione di scappare con l'amante fosse stata ordinata da Afrodite, sia che fosse stato Paride ad averla convinta a forza di chiacchiere, sarebbe ingiusto prendersela solo con lei. Può una comune mortale, si chiede Gorgia, opporsi al volere degli dei? E se anche ci riuscisse, come potrebbe poi resistere al potere della parola, quando la parola è l'arma più micidiale che l'uomo abbia mai inventato? Insomma, conclude Gorgia, nell'un caso o nell'altro la povera Elena è comunque innocente. Non lo è, invece, agli occhi dei posteri, e in particolare a quelli di Totò per il quale una donna che lascia il marito per scapparsene con un altro è comunque una «zoccola». E anch'io, diciamo la verità, in quanto sostenitore del libero arbitrio, ho qualche dubbio in proposito: una donna che viene rapita non si porta dietro cinque schiave, tutti i gioielli della corona e due muli carichi di ogni ben di Dio compresa l'argenteria di casa.

A leggerla con un minimo di distacco, l'*Iliade* altro non è che la versione mitologica di *Isso, Essa e 'o Malamente,* laddove *Isso* è Menelao, *Essa* è Elena e *'o Malamente* è il giovane Paride.

La sceneggiata comincia sul monte Pelio il giorno in cui vengono celebrate le nozze di Peleo con Teti. Tutti gli dei dell'Olimpo sono presenti, a eccezione di Eris, la dea della Discordia. Era stato Zeus a non volerla tra i piedi, e francamente non ci sentiamo di dargli torto: Eris era solita presentarsi alle feste con le vesti stracciate e una benda insanguinata intorno alla fronte. Per non parlare poi del contorno di otto figli, che scorrazzavano dappertutto e che lei chiamava continuamente per nome: Dolore, Fame, Pena, Oblio, Stento, Menzogna, Ingiustizia e Bestemmia. Oltre tutto, sempre a detta di Zeus, portavano anche scalogna. Eris, comunque, volle vendicarsi del mancato invito e si presentò lo stesso al ricevimento per poi lanciare sulla tavola del banchetto una mela d'oro su cui aveva inciso la parola *Kalliste,* ovvero «alla più bella». Nasce così il più famoso dei *casus belli* che la Storia ricordi, quello che diede origine alla guerra di Troia.

All'epoca le tre aspiranti al titolo di Miss Olimpo erano Atena, Afrodite ed Era. Il sommo Zeus che dir si voglia, per togliersi dagli impicci, e soprattutto per evitare litigi con la moglie Era, ordinò che a fare da giudice fosse un semplice mortale: Paride, per l'appunto. Costui, all'epoca, non

Elena e Paride
Eris volle vendicarsi del mancato invito alle nozze di Peleo con Teti, e si presentò lo stesso al ricevimento per poi lanciare sulla tavola del banchetto una mela d'oro su cui aveva inciso la parola Kalliste, ovvero «alla più bella».

era stato ancora riconosciuto come uno dei cinquanta figli del re Priamo, e questo perché, qualche giorno prima della sua nascita, la madre Ecuba aveva fatto un orribile sogno: dal suo ventre erano uscite centinaia di fiamme che a poco a poco avevano incendiato le mura di Troia. Tanto bastò perché l'indovino Esaco consigliasse a

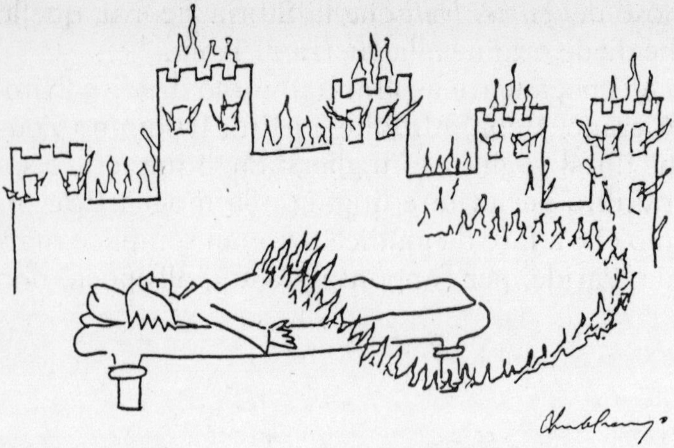

Elena e Paride
Ecuba aveva fatto un orribile sogno: dal suo ventre erano uscite centinaia di fiamme che a poco a poco avevano incendiato le mura di Troia.

Priamo di strangolare tutti i bambini nati in quei giorni.

Le mamme, però, si sa come sono, ed Ecuba non volle essere da meno: invece di sopprimere il piccolo Paride, lo nascose in una borsa e lo affidò a un pastore di sua fiducia, tale Agelao, affinché lo abbandonasse nei boschi del monte Ida. Ma a quei tempi, non si è mai capito il perché, tutti i bambini abbandonati, in particolare se figli dei re, venivano salvati da qualche bestia di passaggio. Nel nostro caso fu un'orsa a prendersi cura di Paride e ad allattarlo come una mamma. Certo è che dopo una decina di giorni il buon Agelao, tornato sul posto, trovò il piccolo Paride che urlava e tirava calci come se niente fosse. Decise allora di portarselo a casa e di farlo crescere insieme ai figli suoi, e fu così che, diciotto anni dopo, ce lo ritroviamo più vispo che mai nei boschi del monte Ida, attorniato da una decina di pecore.

Ecco come ce lo presenta Euripide nell'*Ifigenia in Aulide*:

Paride, pastore di pecore,
crebbe vicino all'acqua
lucente, dove sorgono le polle
delle ninfe montane, e i prati
verdeggianti di rigogliose
gemme, e i cespugli di rose
e i giacinti.

(*If. in Aul.*, 1292-98)

Insomma, il giovanotto se ne stava beato e contento per i fatti suoi quando si vide comparire davanti tre donne di rara bellezza, tutte nude, e un uomo con le ali ai piedi. Ora Paride, diciamolo subito, fatta eccezione per un flirt avuto con una ninfetta del posto chiamata Enone (e di cui parleremo più avanti), non aveva alcuna esperienza in fatto di donne. Le uniche cose che conosceva erano le pecore e i formaggi. Stabilire, quindi, chi fosse la più bella fra tre dee di quella portata non doveva essere una cosa semplice per lui, per non parlare poi delle conseguenze che ciascuna scelta avrebbe comportato.

Paride stava, comunque, per emettere un giudizio quando ognuna delle candidate gli si avvicinò per offrirgli qualcosa. Era gli promise un regno sconfinato, Minerva di farlo diventare l'uomo più valoroso della terra, e Afrodite di farlo giacere con la donna più bella del mondo, e cioè con Elena, la moglie di Menelao. Quest'ultima proposta lo convinse subito: lui tra Potere, Valore e Amore non poteva che scegliere l'Amore, anche perché era l'unica cosa che riusciva a capire, se non altro per istinto. Ebbene, non l'avesse mai fatto! Per colpa sua scoppiò una guerra mondiale, la prima di cui si abbia notizia, tra Occidente e Oriente. Bisogna sapere, infatti, che, quando Elena aveva dichiarato di volersi sposare, suo padre Tindaro aveva fatto in modo che tutti i candidati alla sua mano, ovvero tutti i re scapoli della Grecia, giurassero sugli dei di difendere l'onore della sposa in qualsiasi momento.

Ovidio, nelle *Heroides,* ci riporta al periodo del corteggiamento di Paride. Il ragazzo, forte della promessa di Afrodite, è appena sbarcato a Sparta con l'intento di riscuotere il premio. Menelao lo ospita come meglio non si potrebbe, e il giorno dopo gli offre anche un banchetto. Poi, però, è costretto a partire per Creta e questo facilita non poco il compito del seduttore. La bella Elena, dal canto suo, è titubante: per un verso vorrebbe restare fedele al marito, per l'altro non può fare a meno di ammettere che il suo Menelao è un rude condottiero, più interessato alla politica che non alle sue grazie, e che Paride, al contrario, brucia di passione come un liceale alla sua prima esperienza amorosa. Per lei essere desiderata, anche se un pochino l'imbarazza, è comunque molto importante. Ed è a questo punto che partono due lettere: la prima è di Paride, e la seconda di Elena.

Da Paride a Elena

Io, figlio di Priamo, invio a te, figlia di Leda, questa lettera per indicarti una fiamma che sta bruciando d'amore. In verità non ce ne sarebbe bisogno, dal momento che un fuoco è sempre visibile: è la sua stessa luce a tradirlo. Se, però, desideri sapere anche chi è l'uomo che brucia, sappi allora che quell'uomo sono io e che questo fuoco è acceso fin da quando mi venne fatto il tuo nome. In altre parole, io ti ho conosciuto prima col cuore e poi con gli occhi.

A condurmi da te, a Sparta, è stata la dea Afrodite in persona, la madre di Amore. Fu lei, infatti, a promettermi te come amante. Ed è stata sempre lei, nata dalla spuma del mare, a procurarmi le brezze più favorevoli perché io potessi raggiungere Sparta al più presto. Tutto ebbe inizio un giorno, sul monte Ida, quando mi apparvero all'improvviso, come d'incanto, un dio con le ali ai piedi e tre dee d'incredibile bellezza. Il dio, prima m'indicò con una verga d'oro, e poi mi disse: «Scegli, o Paride, colei che ai tuoi occhi appare la più bella e non aver timore: sei e resterai l'unico arbitro di questa contesa!». Ebbene, credimi, tutte e tre le dee mi sembravano degne di vincere, ma io ero costretto a sceglierne una soltanto. Prima ancora, però, che potessi pren-

dere una decisione, una di loro, Era, mi sussurrò in un orecchio che sarei diventato il re più potente del mondo se solo le avessi assegnato il premio. Quindi si fece avanti la seconda, la dea Atena, e anche lei mi offrì qualcosa in cambio della mela d'oro: giurò di farmi diventare l'uomo più valoroso che abbia mai messo piede su un campo di battaglia. E infine venni affiancato dalla terza, dalla dea Afrodite, che mi promise il talamo della donna più bella del mondo, e precisamente quello tuo, o mia adorata Elena.

Ebbene, credimi: da quel momento ti ho avuto sempre davanti agli occhi, sia quando ero sveglio nelle notti insonni sia quando dormivo di sonno profondo. Ed è inutile adesso che io ti stia a precisare che mi sarei imbarcato quel giorno stesso se solo avessi posseduto una nave. E, anche quando fui di nuovo accettato nella reggia di mio padre, venni ostacolato in tutti i modi dalla famiglia perché non partissi. Mia sorella Cassandra, in particolare, fece di tutto per dissuadermi: «Dove corri, o incauto?» mi diceva. «Sappi che c'è un fuoco che ti accompagna ovunque tu vada.» E io, testardo, non riuscivo a pensare ad altro. Questo fuoco lo sento ancora nel profondo dell'animo, ed è l'amore che nutro per te e che mi divora giorno dopo giorno.

Tuo marito, debbo ammetterlo, mi ha accolto nel migliore dei modi. Mi ha mostrato tutto quello che c'era di bello da vedere a Sparta, e mentre lui m'illustrava il paesaggio io fremevo per vedere te. E difatti, come ti vidi, fui perduto: fossi stata presente anche tu quel giorno sul monte Ida, di certo Afrodi-

te non avrebbe vinto. Poi, quasi a voler favorire i miei piani più segreti, tuo marito il giorno dopo se ne partì per Creta. Ricordo ancora che prima d'imbarcarsi ti disse: «O moglie, mi raccomando, abbi cura tu dell'ospite». Per quanto riguarda, invece, la tua terra e il tuo popolo, debbo convenire che hanno un loro fascino misterioso, pur essendo, a mio avviso, troppo austeri per una creatura dolce come te. Tu meriti di meglio. A un aspetto come il tuo si addice la gioia e non il dolore, e quindi i piaceri della tavola, i canti dei poeti, il luccichio dei gioielli e soprattutto i godimenti degli amanti. Se vorrai seguirmi a Troia, come spero, ti mostrerò la mia patria e ti presenterò i miei genitori. Mio padre possiede lo scettro più importante dell'Asia. Vedrai innumerevoli città. Vedrai palazzi con i tetti dorati. Vedrai templi degni del padre degli dei. Vedrai Ilio, le sue torri e le sue mura inespugnabili. Infine vedrai me, Paride, e sono sicuro che al confronto non ti farò rimpiangere il marito perduto. D'altronde, so già di non dispiacerti. Più volte, infatti, l'altra sera, mentre eravamo a tavola con il tuo sposo presente, ti ho sorpreso a guardarmi di straforo. Io, al pensiero che lui ti avesse posseduta per intere notti, morivo di gelosia e tu, intuendo i miei pensieri, a stento ti trattenevi dal ridere. Ora dimmi: come potevo non accorgermi dei tuoi ammiccamenti?

Ciò detto, non indugiare: la tua bellezza merita ben altro. Scappa con me oggi stesso, e se temi che un domani qualcuno ti possa incolpare per questa fuga, sappi che sono qui io, pronto a prendermi qualsiasi addebito presente e futuro. Dirò a tutti che ti ho rapita con la forza, come già alcuni anni fa fece Teseo con l'aiuto di Piritoo, e ti prometto fin d'ora che, una volta mia, avrai fama eterna nei secoli.

Paride, figlio di Priamo

Da Elena a Paride

Vorrei, o Paride, non aver letto quello che ho letto! Come hai potuto credere che fossi capace di tanta disonestà? E dal momento che la tua lettera ha già profanato i miei occhi, mi sembra quasi superfluo, adesso, stare qui a discutere su chi di noi due abbia commesso lo sbaglio maggiore: se tu a cercare di sedurmi o io a sorridere dei tuoi tentativi maldestri. Tu, uno straniero, hai osato violare i sacri diritti dell'ospitalità e, come se ciò non bastasse, hai insidiato la fedeltà di una sposa legittima.

Con ogni probabilità ti apparirò scontrosa, pur tuttavia preferisco risultare antipatica piuttosto che perdere il mio pudore di donna onesta. Verso la fine della tua lettera tu accenni a Teseo, quasi a voler insinuare che, dal momento che sono già stata rapita una volta, non dovrei fare tante storie a lasciarmi rapire di nuovo. Ebbene, perché tu lo sappia, non solo Teseo non riuscì mai a cogliere il frutto da lui desiderato, ma anche i pochissimi baci che mi diede me l'impose tutti con la forza. Comunque, malgrado le tue insinuazioni, non sono adirata con te, a patto, però, che il tuo sentimento sia davvero sincero e non simulato, come spesso fanno gli uomini quando puntano ai piaceri del talamo.

Tu ti sei vantato delle ricchezze e della vastità della tua terra e anche in questo hai sbagliato: a parte il fatto che il mio regno non è per niente inferiore al tuo, non hai capito che l'unica motivazione che avrebbe potuto convincermi a varcare i confini del pudore non sarebbero mai stati il potere o l'oro, bensì l'amore nella sua forma più pura. La cosa, infatti, che più mi ha colpito in te è stata quella passione che dici di provare nei miei riguardi e il fatto che tu abbia solcato un mare così vasto solo per venirmi a vedere. Tutto il resto, credimi, non conta assolutamente nulla.

E anche il modo in cui ti sei comportato al banchetto mi ha dato molto fastidio: quando mi guardavi lascivo con gli occhi sfrontati, quando prendevi il mio bicchiere per poi bere dalla stessa parte dove avevo bevuto io, quando mi lanciavi segnali furtivi con le dita, quando il tuo sopracciglio sinistro si abbassava all'improvviso quasi che tra noi due ci fosse un'intesa segreta. «Costui» mi sono detta «non ha proprio alcun pudore.» Spesso ho avuto terrore che mio marito se ne accorgesse e sono arrossita davanti a tanta spudoratezza. E proprio mentre arrossivo, tu, col vino, hai scritto sulla tovaglia: «Ti amo».

Sei bello, lo so, ma quanti uomini belli vorrebbero avere quello che tu desideri? O credi di essere l'unico a possedere un bel viso? No, non è la bellezza la dote che ti contraddistingue, ma l'assoluta mancanza di pudore. Purtroppo arrivi tardi. Forse, fossi venuto il giorno in cui fui costretta a scegliere uno sposo, chissà, magari quella volta avrei scelto te. Ma oggi la donna che tu vorresti appartiene a un altro. Hai voglia a dire che è stata Afrodite a prometterti il mio talamo: se anche fosse vero, a decidere del mio corpo resto sempre e soltanto io.

Non sono un'esperta di amori furtivi e, che gli dei mi siano testimoni, non ho mai ingannato il mio sposo. Già l'idea stessa del tradimento mi fa paura. Non ti stupire se lui è partito per Creta lasciandomi sola con te. Quella di Menelao non è ingenuità, è fiducia. La mia bellezza, di certo, lo preoccupa, ma la mia onestà lo rassicura. La tua proposta, invece, quella di simulare un rapimento, se per un verso mi convince, per l'altro mi terrorizza e il mio cuore vacilla nel dubbio. Già mi sento osservata da tutti come colei che ha tradito, senza ancora aver fatto nulla. Certo la tua bellezza, come il mio pudore, sono fuori discussione, ma le notti sono lunghe da passare. Ah, se potessi fare tutto ciò che desidero senza poi provare sensi di colpa! A volte la violenza diventa un vantaggio perfino per chi la subisce.

Adesso basta: chiudo questa lettera che forse non avrei dovuto scrivere. La mano è stanca. Il resto ce lo diremo a voce tramite le amiche Climene ed Etra che mi assistono e mi consigliano.

Elena, figlia di Tindaro

Ipsipile e Giasone

C'era una volta un'isola dove tutte le donne puzzavano: si chiamava Lemno ed era situata giusto al centro del mar Egeo. L'inconveniente (chiamiamolo così) si manifestò una decina di anni prima della guerra di Troia per colpa di una delle donne dell'isola. Ma procediamo con ordine e raccontiamo come andarono le cose partendo dall'inizio.

Pare che, durante una festa in onore di Afrodite, una certa Cheronide avesse dichiarato in pubblico che a lei del sesso non importava niente, e che se a volte lo faceva era solo per accontentare il marito il quale, poverino, non pensava ad altro. Tutte le amiche presenti applaudirono e la dea, per la quale proprio quel giorno si stava celebrando un rito propiziatorio, si sentì offesa come non mai.

«Ah!» esclamò. «Non v'importa niente del sesso? E allora vi sistemo io: vi condanno a puzzare per tutta la vita.»

Figuriamoci la reazione degli uomini.

«Come sta tua moglie?» chiedeva uno.

«Puzza.»

«E anche la mia puzza. Forse più della tua.»

A un certo punto, poi, gli uomini non ce la fecero più e rinchiusero tutte le donne in un apposito recinto, a sud dell'isola, in una zona sottovento, per poi andarsi a procurare nella vicina Tracia delle fanciulle belle e profumate. Ovviamente le signore si arrabbiarono come belve, e una notte, uccise le sentinelle, fecero fuori nel sonno sia i mariti infedeli che le loro concubine. L'unica a disubbidire agli ordini fu la regina Ipsipile che non ebbe il coraggio di sopprimere il proprio padre Toante, benché avesse giurato di eliminare tutti gli uomini della propria famiglia. Si limitò a metterlo in una cassa di legno, priva di remi, e ad abbandonarlo in alto mare.

Passarono gli anni, e le donne di Lemno capirono che senza uomini non avrebbero avuto figli, e che senza figli non ci sarebbe stato nemmeno chi un giorno avrebbe coltivato la terra, quando loro, vecchie e decrepite, non ce l'avrebbero più fatta ad andare nei campi. In altre parole, si resero conto che, almeno per certe cose pratiche, gli uomini erano indispensabili. E fu proprio in quel periodo che a Lemno approdò la nave *Argo*, la stessa che Giasone aveva armato per andare a prendere, insieme a un gruppo di perdigiorno chiamati Argonauti, il vello d'oro nella lontana Colchide. Gli eroi avevano fatto tappa nell'isola per potersi rifornire di cibo e di acqua.

«Quanti siete?» chiesero loro le donne di Lemno.

«Cinquantasette» risposero gli eroi.

«E noi siamo settecento. E quanto fa settecento diviso cinquantasette?»

«Non lo sappiamo.»

«Ve lo dico io quanto fa» intervenne Polisso, la

nutrice di Ipsipile, l'unica sull'isola ad avere qualche nozione di aritmetica. «Fa 12,280. Ragione per cui, se vi fermate un po' a Lemno, e vi accoppiate ogni notte con una di noi, in capo a un mese molte di noi rimarranno incinte. Dopodiché vi daremo tutto il cibo e l'acqua che volete.»

Gli Argonauti accettarono di buon grado e si misero al lavoro. Qualcuno si turò il naso, ma tut-

Ipsipile e Giasone
La regina Ipsipile si innamorò perdutamente di Giasone e lo volle sposare a tutti i costi.

ti compirono il proprio dovere. C'è chi, come Apollonio Rodio, sostiene che si trattennero solo lo stretto necessario e chi, invece, come Ovidio, parla di due anni di permanenza. Certo è che la regina Ipsipile si innamorò perdutamente di Giasone: lo volle sposare a tutti i costi con regolare cerimonia di nozze e, dopo un paio di anni, gli partorì anche due gemelli. Lui, però, non fece in tempo a vederli, dal momento che, come è regola fissa nelle *Heroides,* un bel giorno se ne andò dicendo che doveva partire per la Colchide, e che erano stati gli dei a obbligarlo.

Ancora una volta, quindi, abbiamo a che fare con un seduttore che se la squaglia, con una sedotta e abbandonata che dall'alto di una torre scruta il mare nella vana speranza di vedere una vela, e con una lettera zeppa di lamenti e maledizioni.

Da Ipsipile a Giasone

Io, Ipsipile, figlia di Toante, discendente di Dioniso, scrivo a Giasone, figlio di Esone.

Mi dicono che la tua nave Argo, *nel viaggio di ritorno, abbia toccato la Tessaglia: ne sono felice per te. Mi dicono anche che nella lontana Colchide tu sia riuscito ad aggiogare i sacri tori di Ares, che abbia sterminato tutti i guerrieri che erano spuntati dal terreno e che sia riuscito a domare un drago insonne di enormi proporzioni. Ebbene, credimi, se tutte queste cose me le avessi raccontate tu di persona, o tutt'al più me le avessi scritte in una lettera, io adesso sarei la donna più felice del mondo. Potrei almeno dire: «Me le ha scritte lui stesso». Sono stati, invece, gli altri, gli estranei, a venirmele a riferire.*

Mi hanno raccontato che una maga barbara di nome Medea ti ha aiutato nell'impresa, e che oggi questa donna divide il tuo letto come se tu l'avessi sposata. È stato un ospite tessalo a mettermi al corrente. Il poverino, mentre mi parlava, non mi ha mai guardato negli occhi: si vergognava per te.

«Ma allora è vivo!» ho gridato, e nello stesso momento ho provato gioia e dolore.

«Sì, è vivo» ha risposto lui, sempre timoroso, dopodiché mi ha parlato dei tori dagli zoccoli di bronzo, dei guerrieri sbucati come d'incanto dal terreno e del drago insonne. E così dicendo ha fatto sanguinare in un solo istante tutte le ferite che tu mi hai inferto in questi ultimi anni.

O mio adorato Giasone, io ora ti chiedo: che fine hanno fatto i miei diritti coniugali? E dove sono finite le tue promesse? Quelle che mi facesti il giorno in cui ci sposammo? Giunone stessa, se ben ricordi, era presente e ci guardava. Le donne di Lemno, la mattina in cui arrivò la tua nave, avrebbero voluto sterminare te e tutti i tuoi compagni: fui io a dissuaderle. Loro sì che sanno come si fa a uccidere gli uomini! Io, invece, ti feci entrare nella mia casa e, subito dopo, nel mio cuore. Sei rimasto con me due estati e due inverni, poi, nella terza estate, mi dicesti che eri costretto a partire.

«Sono gli dei a volerlo» mi dicesti piangendo. «Ma io sposo tuo sono e sposo tuo rimango. Che il bimbo che oggi si muove nel tuo grembo possa un giorno nascere sano e felice.»

E nel parlare le lacrime ti scorrevano copiose sul volto menzognero.

Fosti l'ultimo a salire sulla nave, e mentre la tua Argo *si allontanava con le vele gonfie di vento, guardasti me che ero rimasta in lacrime sulla spiaggia. Oggi non so più dove è diretto il tuo sguardo. Il mio, invece, sta sempre lì, fisso sulle onde. Dall'alto della torre sforzo la mia vista fino a vedere anche le cose che non si vedono. E mentre prego il dio Nettuno perché tu possa sopravvivere, mi chiedo disperata se è per la mia gioia che sto pregando o per quella di Medea.*

Ho sempre temuto che tuo padre t'imponesse un giorno una sposa argiva, senza mai prevedere, invece, che sarebbe stata una barbara a causare la mia rovina. E non è stato certo con la bellezza che ti ha conquistato. Tutti mi dicono, infatti, che si serve di incantesimi, che con una falce stregata miete ogni notte erbe malefiche, che riesce a deviare i corsi dei fiumi, che vaga discinta fra le tombe con le chiome sciolte, e che plasma statuette di cera per poi trafiggerle con spilloni avvelenati. Tutte queste cose una donna onesta non le fa: l'amore se lo guadagna con la dolcezza dell'animo, non con i filtri magici. E ancora oggi mi chiedo come fai a dormire tranquillo accanto a un essere di questa fatta.

O mutevole figlio di Esone, partisti da questi lidi che eri ancora il mio sposo e oggi non so più chi sei. Fossi rimasto al mio fianco saresti di certo diventato il sovrano di Lemno. Oltre tutto, ti ho anche partorito due gemelli. Guai, però, se questi poveri innocenti finissero un giorno nelle mani di una matrigna come Medea. Lei, che ha avuto il coraggio di fare a pezzi un fratello più piccolo, non esiterebbe un solo istante a ucciderli nel sonno. Ebbene, credimi: io sono mite, ma se solo potessi metterle le mani addosso, diventerei ancora più Medea della stessa Medea, e sazierei i miei occhi solo dopo aver visto scorrere il suo sangue.

Zeus, adesso, dovrà accogliere questa mia preghiera: che lei soffra almeno quanto sto soffrendo io, e che tu possa provare i tormenti di chi è stato abbandonato dalla persona amata, e che tutti e due possiate vivere infelici per sempre nel vostro letto maledetto.

Ipsipile, figlia di Toante

Penelope e Ulisse

Mettiamoci nei panni di una povera donna del XII secolo avanti Cristo il cui marito è partito per la guerra venti anni prima e che poi non si è fatto più vedere. La sventurata non ha telefono né telefonino né fax né televisore. Non può ricevere lettere, cartoline, telegrammi, espressi, pony express, raccomandate o altri messaggi più o meno affrancati. Che deve pensare? Che è morto? Che è gravemente ferito? Che ha perso la memoria? O che si è trovato un'altra donna e che non ha più voglia di tornare a casa? Ognuna di queste ipotesi la getta nello sconforto più assoluto. Quei pochi reduci che ha avuto la fortuna d'incontrare le hanno assicurato che il marito era ancora vivo e vegeto quando le truppe achee conquistarono Troia. E allora lei si chiede: «Perché non torna? Perché mi fa soffrire?». Nel caso di Penelope, c'è solo da aggiungere che era tampinata da un gruppo di nobilastri, detti Proci, che avrebbero voluto impalmarla per poi poter regnare su Itaca, e abbiamo il quadro preciso della poco invidiabile situazione in cui si trovava.

La poverina si era inventata di tutto per tenere

a bada quei maledetti Proci. Loro, però, insistevano, e anche la scusa della famosa tela da terminare, diciamo la verità, non avrebbe potuto reggere all'infinito. Giunta allo stremo delle forze, un giorno Penelope scrive una lettera al marito.

«Dove sei sparito?» gli chiede. «Perché non mi mandi un messaggero? Che fine hai fatto? Hai trovato forse un'altra donna?»

Noi, invece, sappiamo che il giorno stesso in cui Penelope stava scrivendo questa lettera, Ulisse si trovava a Itaca, dove la sua proverbiale prudenza l'aveva consigliato di non farsi riconoscere dalla moglie. Non che avesse torto, sia chiaro. Quasi tutti gli altri eroi erano finiti male dopo il ritorno in patria, proprio per non aver saputo valutare in tempo come fosse cambiata la situazione durante la loro assenza. Valga per tutti l'esempio di Agamennone che era stato pugnalato da Egisto il giorno stesso in cui aveva messo piede a casa. E poi, dopo tanti anni, come avrebbe potuto fidarsi di Penelope? Supponiamo che lei si fosse messa d'accordo con uno dei Proci per ucciderlo durante il sonno, come fare a saperlo? Insomma Ulisse era Ulisse, il più astuto degli achei, ma anche il più sospettoso degli esseri umani.

Da Penelope a Ulisse

O Ulisse, lento a tornare, questa lettera te l'invia la tua Penelope. Adesso non importa che tu mi risponda: vieni tu stesso a dirmi dove sei stato in tut-

to questo tempo e come è caduta Troia, la città più odiosa che ci sia per tutte le donne achee.

Ah, fosse naufragato Paride il giorno in cui andò a rapire l'adultera! Oggi non dormirei in un letto freddo e deserto, e non mi lamenterei dello scorrere lento delle ore, né la pendula tela avrebbe stancato i miei occhi appannati e le mie vedove mani.

Lo sai, o Ulisse, che cos'è l'amore? È un qualcosa che ha a che fare con l'ansia. Contro di te, infatti, ho immaginato mille troiani assetati di sangue e mille frecce che volavano con il solo scopo di trafiggerti. E quando qualcuno mi nominava Ettore impallidivo, fino a diventare terrea se qualcun altro mi ricordava i nomi di tutti gli achei che aveva ucciso con la sua mano assassina. Ma un dio che protegge gli amori casti ha ridotto in cenere Troia e tu oggi, a quanto mi dicono, sei salvo. Sei salvo, ma non sei tornato dalla tua donna. Tutti gli altri capi argivi sono tornati a casa. Le loro giovani spose hanno già portato le offerte di ringraziamento agli dei e cantano, felici, gli inni della vittoria. I vecchi, le fanciulle e i bambini pendono dalle labbra degli eroi che raccontano le loro gesta. Solo tu, amore mio, non ci sei. Solo tu non racconti nulla.

Ho saputo molte cose da tuo figlio a cui il vecchio Nestore ha narrato come gli argivi avessero vinto e come fossero morti Reso e Dolone, il primo sorpreso nel sonno, il secondo con l'inganno. Mi hanno anche raccontato come tu, aiutato da un solo altro eroe, forse Diomede, sia penetrato nella città nemica e, dopo aver ucciso molti troiani, sia tornato vincitore al tuo accampamento.

Penelope e Ulisse
I pretendenti dulichii, sami e zacinti, uomini assolutamente privi di morale, regnavano incontrastati nella reggia. Mangiavano, bevevano e insidiavano le schiave.

Ma a chi giova che Troia sia caduta? A me no di certo. Il fatto che lì dove prima c'erano delle grandi mura oggi ci sia solo un'arida pianura a me, credimi, non giova affatto, anzi, aumenta ancora di più le mie angosce. Per altri, forse, la città è caduta, per me è come se fosse ancora in piedi, con le sue odiose mura e i suoi abitanti ancora più odiosi.

A tutti gli stranieri che approdano a Itaca io rivolgo sempre le stesse domande, e a tutti affido una lettera nella speranza che prima o poi t'incontrino. Ho inviato messaggeri dovunque: a Pilo, terra di Nestore, e a Sparta, terra di Menelao, ma nessuno, finora, mi ha saputo dire qualcosa di sicuro. In quale luogo sei finito? In quale luogo ti nascondi, o mio crudele sposo? Se sapessi che stai combattendo contro un popolo saprei anche chi odiare; oggi invece, sono costretta a odiare tutti i popoli del mondo: temo il mare e le sue insidie, temo la terra e i suoi abitanti, ma soprattutto temo le donne. Forse una di loro ti tiene prigioniero e con arti magiche t'impedisce di tornare. Forse, proprio in questo momento, tu le stai raccontando com'era grossolana tua moglie, capace solo di filare la lana.

Mio padre Icario mi consiglia di lasciare il vedovo letto e di trovarmi un altro compagno, ma io sono tua e tua voglio restare. Sappiano tutti che Penelope appartiene solo a Ulisse e a nessun altro. I pretendenti dulichii, sami e zacinti, uomini assolutamente privi di morale, regnano incontrastati nella tua reggia. Mangiano, bevono e insidiano le nostre schiave. Polibo, Pisandro, il crudele Medonte, il giovane Eurimaco e il volgare Antinoo m'inseguono ovunque con le loro mani bramose, ma io non cedo.

Noi, in famiglia, siamo solo in tre, e tutti e tre non siamo in grado di contrastarli efficacemente: né io né tuo padre Laerte e né tuo figlio Telemaco. Siamo solo una donna, un vecchio e un ragazzo. Poi, tra quelli che ci sono intorno, possiamo contare su un bovaro, su un'anziana nutrice e su un guardiano di porci. Tutto qui. E, per finire, c'è un'ultima cosa che mi terrorizza: quando partisti ero ancora una giovane fanciulla, bella da vedere, oggi invece, anche se ti affrettassi a tornare, mi troveresti molto invecchiata.

Penelope, figlia di Icario e sposa di Ulisse

Enone e Paride

Paride, il rovinafamiglie, prima di Elena aveva avuto un'altra donna, una certa Enone, ninfa dei boschi. Che la loro relazione fosse stata una cosa seria lo testimonia il fatto che ebbero anche un figlio di nome Corito. Ma, infine, chi era questa Enone? Era una figlia del fiume Cebreno. Pare che da ragazzina fosse stata corteggiata addirittura da Apollo e che questi, oltre a insegnarle tutto sulle erbe mediche, l'abbia anche dotata della facoltà di leggere nel futuro. Ciò detto, le cose sarebbero andate per il meglio se Paride un bel giorno non avesse perso la testa per Elena, la donna più bella del mondo. La dea Afrodite, infatti, gliela aveva promessa come ricompensa per essere stata scelta nel famoso giudizio, e lui era seriamente intenzionato a riscuotere il premio.

Ma come reagì la nostra piccola Enone quando Paride le disse che voleva andare a conoscere Elena? All'inizio, in verità, con molta calma. Fece di tutto per dissuaderlo. Come prima cosa, in quanto veggente, gli fece un elenco dettagliato di tutti i guai che avrebbero passato lui e la sua famiglia, poi gli ricordò i doveri familiari.

«Non ti dimenticare» gli disse «che hai un figlio e che un figlio ha bisogno di un padre.»

Ma, come tutti sappiamo, non ci fu nulla da fare: Paride volle partire lo stesso per Sparta, e lei, prima di salutarlo, gli promise di guarirlo nel caso fosse stato ferito. Malgrado quest'ultimo gesto d'amore, però, non riuscì a frenarlo. D'altra parte è così che sono fatti gli uomini: quando c'è di mezzo quella cosa là perdono tutti la testa!

Ora la storia di Paride e di Elena è fin troppo nota per starla a raccontare qui di nuovo; quella di Enone, invece, lo è un po' meno e quindi merita un po' di spazio. La ninfa col passare degli anni cambiò il suo stato d'animo nei confronti di chi l'aveva sedotta e abbandonata. Innanzi tutto, quando gli achei entrarono a Troia, convinse il proprio figlio Corito a fare da guida ai nemici. Poi, malgrado la promessa fatta a suo tempo di curare il suo ex qualora fosse stato ferito, quando se lo vide davanti, sul monte Ida, mezzo morto, con un piede trafitto da una delle frecce avvelenate di Filottete, disse di non avere l'erba giusta per quella ferita. Non era vero e difatti il giorno dopo se ne pentì: cercò Paride disperatamente tra i feriti ammucchiati sotto le mura di Troia e, avendolo trovato morto stecchito, si gettò tra le fiamme del suo rogo funebre.

A Napoli si dice: «*Chi se mette paura nun se cocca cu 'e femmene belle!*», ovvero «Chi ha paura non vada a letto con le belle donne». È vero, e ce lo conferma quello che capitò a Paride. Lui non si era «messo paura» della bellezza di Elena, e a causa di quest'ultima ebbe le peggiori disgrazie. D'altra parte, mettiamoci anche nei suoi panni: aveva da scegliere tra una vita tranquilla e senza problemi accanto a una mogliettina come Enone, e una storia rischiosissima con la donna più bella del mondo. Ovviamente scelse quest'ultima possibilità, e con essa anche la fama tra i posteri. Fosse rimasto buono buono a fare il pastore sul monte Ida, oggi non lo conoscerebbe nessuno. In ogni caso, i lettori ci riflettano un poco, prima d'imbarcarsi in avventure erotiche. A volte è meglio rinunziare a una storia d'amore fuori misura piuttosto che mettere in pericolo la propria vita e quella della famiglia.

La lettera di Enone s'immagina scritta il giorno in cui Paride arrivò a Troia al fianco di Elena. La guerra non era stata ancora dichiarata e la ninfa cercò in tutti i modi di fargli capire quanto sarebbe stato più conveniente per tutti che lui abbandonasse quella donnaccia e tornasse a fare il pastore.

Da Enone a Paride

Una ninfa dei boschi di nome Enone invia questa lettera al suo Paride perché costui rifletta sul suo destino.

Dimmi la verità, o Paride: la leggerai questa lettera? E riuscirai a leggerla sino alla fine? Non vorrei che la tua nuova sposa te lo impedisse e la stracciasse per dispetto. Io, d'altra parte, mi rivolgo a te (che dovresti essere mio) per avere un'informazione: sai per caso il nome del dio che mi ha punito? E per quale motivo lo ha fatto? Sappi che le pene meritate in qualche modo si riescono a sopportare, quelle ingiuste, invece, fanno soffrire almeno il doppio.

Tu non eri ancora famoso quando io scelsi te come marito. Ora sei figlio di un re. A quei tempi, invece, eri solo uno schiavo, eppure io, figlia di un fiume, accettai di diventare tua moglie. Quante volte, al riparo di un albero, riposammo l'una accanto all'altro tra le greggi. Quante volte un'umida capanna ci riparò dal freddo della notte. Quante volte abbiamo aizzato i cani veloci contro la selvaggina, e quante volte hai scritto il mio nome sulle cortecce degli alberi. Oggi, infatti, così come crescono gli alberi, cresce anche il mio nome. Una volta, ricordo, con la falce incidesti questa frase: «Se mai Paride un giorno abbandonerà Enone che lo Xanto possa scorrere al contrario e raggiungere la fonte!». E allora io giustamente adesso mi rivolgo al fiume: «Perché, o Xanto, non torni indietro così come auspicò il mio Paride?».

Poi arrivò il giorno cupo, quello che segnò il nostro destino crudele. Venere, Giunone e Minerva ti apparvero nude perché tu potessi scegliere chi di loro era la più bella. Dopodiché mi comunicasti affranto che eri costretto a partire, che un dio te lo aveva ordinato. Piangevi mentre me lo dicevi e anch'io piansi quel giorno. Mescolammo insieme le

Enone e Paride
Un giorno vidi profilarsi all'orizzonte la tua nave. Riconobbi le tue vele. Allora, col cuore che mi batteva forte nel petto fino a farmi male, mi spinsi in mare finché mi fu possibile.

lacrime e la sabbia s'impregnò del nostro pianto. Io allora pregai gli dei perché ti facessero tornare sano e salvo, e non sapevo che era per un'altra che stavo pregando e non per me.

Passò del tempo e un giorno vidi profilarsi all'orizzonte la tua nave. Riconobbi le tue vele. Allora, col cuore che mi batteva forte fino a farmi male, mi spinsi in mare finché mi fu possibile. Ma scorsi a prua una persona avvolta in un manto di porpora, e, incredibile a dirsi, non eri tu. La nave si avvicinò e vidi una donna. Poi scorsi te che te la stringevi al petto. Allora mi strappai le vesti e con le unghie mi graffiai le guance rigate di lacrime. La nave approdò e io andai a nascondermi tra le rocce perché tu non mi potessi vedere. Se ora piango è solo perché ti ho perso, non perché ho perso le tue ricchezze o perché sei diventato il figlio di un re. Credimi, o Paride, non ci tengo a fare la nuora di Priamo. Ti ho conosciuto povero e povero ti avrei voluto per tutta la vita.

Tu però, adesso, rifletti sul tuo futuro: il mio amore è privo di pericoli. Restando con me nessuno ti farà mai del male. Non arriverebbero navi a centinaia da ogni parte del mondo per vendicarsi. Elena, invece, la figlia di Tindaro, è reclamata dagli achei con le armi in pugno. Se non mi credi chiedi un parere ai tuoi fratelli. Chiedilo a Ettore, a Polidamante, a Deifobo. Oppure rivolgiti ai vecchi, ad Antenore, o a Priamo stesso. Non puoi anteporre le grazie di una donna, per quanto bella ella sia, agli interessi della patria. Lei è solo una svergognata e la giustizia sta tutta dalla parte del marito. Sappi, infine, che una donna che tradisce un marito prima o poi finirà col tradire anche te. D'altra parte già una volta la tua Elena fu rapita da Teseo e non credo che il focoso eroe l'abbia restituita al padre così com'era prima del rapimento. Io invece, perché tu lo sappia, ho rifiutato a suo tempo la corte dei Satiri guizzanti e perfino quella del magnifico Apollo che, nonostante il rifiuto, volle regalarmi la conoscenza delle erbe miracolose. Purtroppo, però, tra queste erbe non c'è quella che potrebbe alleviare i miei dolori.

La tua Enone, figlia del fiume Cebreno

Ermione e Oreste

Quando ero al liceo mi costrinsero a vedere un dramma intitolato *Il lutto si addice ad Elettra,* tredici atti di Eugene O'Neill: un'opera interminabile e di una noia mortale. Ricordo che quella sera non mi fu permesso nemmeno di andare in bagno, anche perché il giorno dopo avrei avuto il compito in classe proprio sulla tragedia greca. Solo oggi mi rendo conto di quanto fosse importante la visione di quel dramma per capire il dolore che dovette provare il giovane Oreste quando scoprì che la sua cara mamma, con l'aiuto dell'amante Egisto, gli aveva ucciso il padre in un agguato. Adesso, però, nei limiti del possibile, cercherò di sintetizzare l'intreccio di questa storia.

Agamennone torna dalla guerra. Troia è appena caduta e lui, tutto felice, pregusta il piacere di abbracciare la moglie. Sennonché viene accolto nel peggiore dei modi. Clitennestra lo ha tradito con un certo Egisto e il poveruomo non fa nemmeno in tempo a darsi una risciacquata che la fedifraga gli butta addosso una rete e l'amante lo pugnala alle spalle mentre è ancora nella vasca da bagno. Una tragedia greca, però, non è una vera tragedia greca se non conta almeno tre morti, e difatti Oreste, il figlio minore di Agamennone, ammazza prima Egisto e poi la madre. A Elettra, sorella maggiore di Oreste, non resta che piangere e mettersi in lutto. Come vedete, sono stato velocissimo.

Adesso, però, torniamo indietro di vent'anni: Clitennestra ed Elena erano due sorelle andate in sposa rispettivamente a due fratelli, Agamennone e Menelao. Dalla coppia Agamennone e Clitennestra nascono tre figli: Ifigenia, Elettra e Oreste, mentre dalla coppia Menelao ed Elena nasce solo una bambina: Ermione. Ebbene, fin dalla nascita, Ermione viene promessa in moglie al cugino Oreste, e sarebbe stata felice per sempre se un brutto giorno il feroce Pirro,* figlio di Achille, non l'avesse presa con la forza. A quei tempi per queste cose si andava per le spicce: Pirro la vede, la trova di suo gusto e se l'acchiappa. Oreste lì per lì non dice niente, poi, dopo alcuni anni uccide anche Pirro.

Ma perché Oreste esita tanto a liberarla? Ed è qui che sta la chiave della storia. Lui, quando gli uccisero il padre era ancora un ragazzo. Da quel giorno, però, non aveva avuto altro nell'animo se

* Pirro, figlio di Achille, nella mitologia greca più noto con il nome di Neottolemo.

non l'odio verso i due assassini. Non che non volesse bene a Ermione, ma l'odio è un sentimento molto più forte dell'amore. Oreste doveva assolutamente vendicare il padre e quindi uccidere sia la madre che l'usurpatore Egisto. E non basta:

Il poveruomo non fa nemmeno in tempo a lavarsi che la moglie gli butta addosso una rete e l'amante lo pugnala alle spalle mentre è ancora nella vasca da bagno.

una volta portata a termine la vendetta, avrà il suo bel da fare per tenere a bada le Erinni, ovvero le Furie che nella mitologia greca perseguitano tutti coloro che per qualche motivo hanno fatto fuori un genitore. La moglie può aspettare: dopo tutto Pirro l'ha già violentata; un giorno in più o un giorno in meno non è che cambi di molto la situazione. Ermione, invece, si lamenta proprio di questo. «Ma come,» gli scrive «ti rapiscono la sposa e tu non fai niente! Pirro mi afferra, mi violenta, mi tiene in casa sua come se fossi una schiava, e tu, mio sposo legittimo, non protesti!»

Insomma Ermione si sente abbandonata: cerca in ogni modo di pungolare l'orgoglio del marito, e quello che ne viene fuori è che una donna, a quei tempi, contava quasi nulla. A detta di Ermione, per Oreste valeva meno di un cavallo o di un bue rubato da una stalla. Non a caso il dio Apollo, interrogato in proposito, afferma: «La donna altro non è che una inerte guaina nella quale l'uomo ha inserito il suo seme».**

La lettera che segue s'immagina scritta da Ermione quando è stata appena rapita da Pirro.

Da Ermione a Oreste

Io Ermione mi rivolgo a te Oreste, fino a ieri cugino e marito, e oggi soltanto cugino giacché c'è un altro uomo che dorme nel mio letto: Pirro. Costui è un violento come suo padre Achille. Ho cercato, come potevo, di resistergli, ma poco hanno potuto le mie mani di donna. All'inizio gli dissi: «Ma che fai? Io appartengo a un altro!». E lui, più sordo del mare, mentre io urlavo il tuo nome, mi trascinò nella sua casa tirandomi per le chiome come una schiava qualsiasi.

Se uno ti apre le stalle e ti ruba gli armenti, che

** Cfr. R. Graves, *I miti greci*, Longanesi, Milano 1963, 114 n.

fai? Impugni o non impugni le armi? Per come ti conosco io andresti su tutte le furie. Invece, ti portano via la moglie e tu non dici niente, come se la cosa non ti riguardasse. Al che non posso fare a meno di chiederti: «Valgo, allora, meno di un bue? Meno di un cavallo? Ed è questo il grande amore che nutri per me?». Che ti sia di esempio mio padre Menelao che a suo tempo rivendicò la sposa rapita. Pensa, invece, se fosse rimasto a Sparta: oggi mia madre giacerebbe ancora nel letto del perfido Paride. Per venirmi a liberare, infine, non è necessario preparare mille navi e una moltitudine di guerrieri: basterebbe venire di persona e chiedere a Pirro di lasciarmi andare. Anch'io ho diritto alla mia libertà, e tu, in quanto sposo legittimo, hai il dovere di reclamarmi. E se proprio non ti andasse di presentarti come sposo, presentati almeno come cugino. Così facendo, saresti per me quello che mio padre fu per mia madre. Pirro diventerebbe Paride e io avrei una prova del tuo amore. Il coraggio, certo, non ti manca: ne sa qualcosa Egisto che con la gola squarciata t'insanguinò tutta la casa. Io, invece, nell'attesa, posso solo piangere. Col pianto do sfogo alla rabbia e le lacrime mi scorrono giù sul petto come un torrente in piena che non s'inaridisce mai.

Mia nonna fu concupita da Giove, mia madre fu rapita da Paride e io da Pirro: è un destino che noi donne tantalidi dobbiamo subire quest'onta. Forse se il Pelide non fosse stato ucciso da Apollo a quest'ora verrebbe lui stesso a punire il figlio. Che io sappia, infatti, ad Achille non piaceva che a un uomo venisse rapita la sposa.

La mia vita purtroppo non è stata felice: ho vissuto quasi tutta l'infanzia senza una madre con cui scambiare tenerezze e con un padre sempre assente perché troppo impegnato in una guerra oltre mare. Oggi, quando avrei potuto avere finalmente l'affetto di un essere umano, ecco che vengo rapita. Questo, però, al mio sposo non importa. Lui è lontano, e non perché viva in un altro paese, ma perché combatte solo per consumare le sue vendette personali. Io, nel frattempo, sono costretta a dormire in un talamo che mi è nemico, e se nel corso della notte, non volendo, tocco le membra di colui che mi ha rapito, ritraggo subito la mano insozzata.

La tua Ermione, figlia di Menelao

Ipermestra e Linceo

Finora abbiamo passato in rassegna donne sedotte e abbandonate; nella prossima lettera, invece, c'imbatteremo in un caso del tutto nuovo. Avremo una donna, tale Ipermestra, figlia di Danao, che non ce l'ha con un amante perché è stata appena mollata, ma con un padre che tutto è tranne che un padre. Si tratta in pratica della più bieca storia di potere di tutta la mitologia greca. E noi, come sempre, proveremo a riassumerla per sommi capi.

Il re Belo aveva avuto due gemelli, Egitto e Danao, che a loro volta avevano avuto, il primo cinquanta figli maschi, e il secondo cinquanta figlie femmine. I due si odiarono fin da quando ebbero l'uso della ragione. Sebbene il padre avesse donato loro, mentre era ancora in vita, a uno l'Egitto e all'altro la Libia, l'eredità residua era a tal punto cospicua da giustificare una lotta fratricida senza quartiere. Sia il primo che il secondo, infatti, erano seriamente intenzionati a non cedere nemmeno un centimetro di terra al proprio gemello. Alla fine, giusto per evitare un conflitto tra parenti, optarono per un matrimonio di massa: i cinquanta figli di Egitto si sarebbero sposati, tramite sorteggio, con le cinquanta figlie di Danao, e tutti sarebbero stati felici e contenti. L'accordo, tuttavia, rivelò ben presto la sua vera natura: Egitto, infatti, aveva istruito i propri figli affinché uccidessero quanto prima le loro cugine, e Danao, per non essere da meno, aveva consegnato a ciascuna delle sue ragazze uno spadino avvelenato affinché lo conficcasse, durante la prima notte di nozze, nel cuore dello sposo che le era stato assegnato. Questo l'antefatto: vediamo adesso come andarono le cose.

A Ipermestra, figlia di Danao, toccò in sorte come marito un bel giovanotto di nome Linceo. Lei avrebbe dovuto ucciderlo nel sonno ma, all'ultimo momento, non se la sentì di farlo, anzi, lo aiutò anche a fuggire in un'altra città proprio per evitare che il mattino seguente il padre lo facesse pugnalare da uno dei suoi sgherri. Perché disubbidì? Perché lo amava? O perché era rimasta affascinata dalla sua bellezza? Niente di tutto questo: disubbidì per il semplice motivo che era una brava ragazza e che non se la sentiva di uccidere un uomo solo perché il padre glielo aveva ordinato. In altre parole, Ipermestra possedeva quella che gli antichi romani chiamavano la *pietas,* ovvero un sentimento che le impediva di commettere una cattiva azione nei confronti di un altro essere umano. E mal gliene incolse: il mattino dopo Danao contò i morti e quando si accorse che ne mancava uno s'infuriò come una bestia. Ipermestra venne subito messa in catene e sottoposta a un regolare processo. Sull'argomento abbiamo anche una tragedia di Eschilo intitolata le *Supplici* o *Danaidi.*

Ipermestra e Linceo
Ipermestra scrive questa lettera mentre è ancora in carcere. La poverina è in catene, ma ha tutto il necessario per scrivere a Linceo.

La lettera che segue s'immagina scritta da Ipermestra mentre è ancora in carcere. La poverina è in catene, ma ha tutto il necessario per scrivere a Linceo.

Da Ipermestra a Linceo

O Linceo, mi trovo in catene in una buia cella pur non avendo commesso altra colpa se non quella di essere stata misericordiosa verso di te. La mia mano, in particolare, non è stata capace di affondare nel tuo petto il pugnale, così come mi era stato ordinato dal padre. Io, figlia degenere, ho disubbidito ai suoi ordini. Eppure, credimi, non mi pento, anche se per questa mia inadempienza finirò gettata nel fuoco o sgozzata con la stessa spada che non sono stata capace di usare. Ma dalle mie labbra non uscirà mai la parola «mi pento». Che si pentano, piuttosto, mio padre e le sorelle crudeli!

Il mio cuore trema ancora al ricordo di quella cupa notte, e la mia mano ha perfino paura di raccontare un delitto che non è stata capace di compiere. Tuttavia tenterò.

Era appena calato il crepuscolo quando noi, figlie di Danao, venimmo accolte nel palazzo dove si celebravano le nozze. Da ogni parte risplendevano i candelabri d'oro. La folla cantava cori nuziali e gli sposi si abbracciavano felici. Poi venne la notte. I nostri mariti avevano tutti bevuto oltre il lecito: erano ubriachi fradici e non fecero in tempo a gettarsi sui letti che già dormivano. E anche tu, o Linceo, mi giacevi accanto inerte. Io invece tremavo, eppure non dovevo fare altro che ubbidire agli ordini ricevuti. Presi lo spadino e per tre volte l'alzai sul tuo petto villoso. Lo avvicinai anche alla tua gola, ma ogni volta non fui capace di agire. Allora dissi a me stessa:

«Forza Ipermestra, assolvi il tuo compito! Fa' che il tuo sposo raggiunga i suoi fratelli nell'Ade. A quest'ora le tue sorelle avranno già tutte compiuto il loro dovere». Tuttavia, per quanti sforzi facessi, non riuscii ad affondare l'arma. Sì, d'accordo, mi dicevo, costui sarà pure colpevole di aver tramato contro la mia famiglia, ma io, povera Ipermestra, che colpa ho commesso per dovermi macchiare di un simile delitto? Sono solo una fanciulla e le mie mani mi sembrano più adatte al telaio che alla spada.

A un certo punto, forse per abbracciarmi, tu stendesti una mano e poco mancò che non ti ferissi con la punta del mio spadino. Allora mi decisi: ti svegliai e urlai con quanta voce avevo in gola: «Alzati, o nipote di Belo, alzati e scappa. Sei l'unico ormai di tanti fratelli a non essere stato ucciso. Questa notte, però, se non ti affretti, sarà per te l'ultima notte». E tu, terrorizzato, mi chiedesti il perché delle mie parole per poi dileguarti nelle tenebre neppure vestito.

Arrivò il mattino. Mio padre contò i morti e si accorse che tu non c'eri. Così venni subito trascinata per i capelli e sbattuta in questa cella.

Ora ti prego, Linceo, se hai un po' di pietà per una donna che ti salvò la vita, vienimi a liberare, oppure, se proprio non puoi farlo, fa' in modo che qualcuno mi uccida. E dopo, sulla mia tomba, fa' scolpire il seguente epitaffio: «A Ipermestra che per aver salvato un cugino ebbe come premio la morte».

Vorrei scrivere ancora, ma la mia mano è stremata dal peso delle catene, e non riesce più a muoversi.

La tua Ipermestra

Canace e Macareo

Ci si chiede: «Ma in una società permissiva come quella dell'antica Grecia era tollerato l'incesto?». Sì, certo, se commesso dagli dei; no, assolutamente, se aveva luogo tra i mortali. Questa, più o meno, la morale dell'epoca. Poi, anche tra gli dei, c'erano quelli di più larghe vedute, come Zeus e Afrodite, che si accoppiavano con tutti, e quelli, come Artemide o Eolo, che consideravano il sesso una faccenda sporca da evitare, o da praticare solo a fini riproduttivi.

Eolo, tanto per fare un esempio, aveva fatto l'amore solo dodici volte in tutta la vita e sempre con la stessa persona, la moglie Enarete. A seguito di questi incontri aveva avuto dodici figli, sei maschi e sei femmine. Poi, ritenendo di avere compiuto fino in fondo il proprio dovere, si era ritirato con la famiglia in una delle isole Eolie (per la precisione Lipari) onde sorvegliare i venti che gli erano stati affidati. Sennonché un bel giorno uno dei suoi figli, Macareo, gli disse: «O padre, il nome che mi hai dato quando nacqui, Macareo, nella nostra lingua vuol dire "felice", ma io ti confesso che non sono felice per niente! Noi maschi viviamo in un palazzo dalle mura di bronzo, praticamente isolati: di donne giovani non ne vediamo nemmeno una. E anche le nostre sorelle, diciamo la verità, soffrono per la mancanza di un uomo. Dacci almeno il permesso di accoppiarci tra di noi».

Eolo, signore dei venti, esitò alquanto, poi, resosi conto che non c'erano alternative, rispose: «D'accordo ragazzi, ma dal momento che l'unico scopo delle vostre unioni dovrà essere la procreazione, agli eventuali accoppiamenti voglio sovrintendere io di persona: li fisserò attraverso un sorteggio».

Ora bisogna sapere che Macareo era innamorato della sorella più piccola, Canace, e che anche Canace gli voleva un bene dell'anima. Purtroppo, però, il sorteggio fu loro sfavorevole: si sarebbero dovuti accoppiare con altri fratelli. E allora che fecero? Quello che in genere fanno tutti gli innamorati: si misero insieme lo stesso e dalla loro unione nacque un bambino.

Eolo, ovviamente, si arrabbiò moltissimo e, tanto per cominciare, prese il neonato per un piede e lo gettò in pasto ai lupi, quindi fece consegnare da un servo a Canace una spada affilata con l'ordine di farne buon uso. La poverina non se lo fece dire due volte e si suicidò. Macareo, accorso per salvarla, la trovò che stava esalando l'ultimo respiro. Altro non poté fare che sfilarle la spada dal petto per poi immergersela nel proprio. Il tutto sarebbe stato raccontato in seguito da Euripide in una trage-

Canace e Macareo
Eolo si arrabbiò moltissmo: prese il neonato per un piede e lo gettò in pasto ai lupi.

dia intitolata *Eolo* di cui però, purtroppo, ci è pervenuto solo qualche frammento.

Quello che più colpisce in questa storia è lo stupore di Canace quando scopre di essere innamorata. Lei non sa che al mondo esiste l'amore e che, accoppiandosi con un uomo, si può anche generare un figlio. Si meraviglia quindi di tutto, e, giustamente, non riesce a perdonare al padre la spietatezza contro il nipotino appena nato.

La lettera di Canace s'immagina scritta un attimo prima del suicidio.

Da Canace a Macareo

Una figlia di Eolo invia a un figlio di Eolo una lettera scritta con la mano destra, mentre, contemporaneamente, con la sinistra stringe l'arma che porrà fine ai suoi giorni. E se qualche parola di questa lettera non sarà più leggibile, la colpa sarà tutta del sangue che l'avrà bagnata.

Mi uccido solo per compiacere un padre crudele, che vorrei fosse presente quando mi conficcherò la spada nel seno. Feroce com'è, sono convinta che assisterebbe a tutta la scena senza versare una lacrima. Con ogni probabilità, infatti, è stato il suo vivere accanto ai venti a renderlo insensibile.

Tu, o fratello, mi hai amata più di un fratello, e io, sorella, ti ho amato come una sorella forse non dovrebbe. Ma che ne potevo sapere io dell'amore? Sta di fatto che da un giorno all'altro cominciai a sbiancarmi in volto, persi l'appetito, diventai sempre più magra, mi lamentai pur non avendo alcuna ferita e non riuscii più a dormire. In altre parole, non sapevo di essere innamorata, eppure lo ero.

Fu la mia nutrice, con l'occhio reso esperto dagli anni, a diagnosticare il mio male. «Figlia,» mi disse «tu sei innamorata!» Allora io mi coprii di rossore e lo sguardo mi cadde sul grembo rigonfio. Ormai il mio ventre s'ingrossava ogni giorno di più. Quante erbe e quanti medicamenti mi portò la nutrice per farmi abortire, ma lui, il bambino, fu più forte di tutte le erbe. Io ero inesperta in questo genere di cose, al pari di un soldato che partecipa al suo primo combattimento. La nutrice m'impedì con ogni mezzo di urlare durante il parto proprio per evitare che mio padre ne venisse a conoscenza. Solo tu mi fosti vicino. «Forza, sorella,» mi dicevi «resisti e ce la farai: non uccidere in un solo istante due vite diverse.» E il frutto della colpa nacque.

La nostra felicità, però, durò lo spazio di un mattino: la nutrice nascose il piccolo in un campo di grano, avvolto in bende sottili, ma i suoi vagiti ben presto si fecero sentire. Fu lui stesso a denunziare la propria presenza. Mio padre Eolo, allora, si mise a urlare come un pazzo e dette ordine ai servi affinché il piccolo venisse gettato ai lupi. Io riuscii solo ad aggrapparmi alle sue ginocchia nella speranza che cambiasse parere, ma non ci fu nulla da fare. Il bimbo, nel frattempo, quasi avesse capito gli ordini del nonno, scoppiò in un pianto dirotto.

Subito dopo venne da me un servo e mi porse una spada.

«Questa te la manda tuo padre Eolo» mi disse. «Pensa a quello che hai fatto e traine le conseguenze.»

Quello fu il dono di nozze che ebbi da mio padre: di più non avrei potuto pretendere. Eppure, ancora oggi, io vorrei chiedergli: «Che avrà mai commesso di così grave il mio piccolo da meritare una simile morte? Ti ha forse offeso? Ti ha recato qualche danno?». E se anche così fosse, sarei sempre io la colpevole, e non lui, povera anima, che non ha altra colpa se non quella di essere nato.

E tu figlio mio, venuto al mondo lo stesso giorno in cui saresti poi partito, mi potrai mai perdonare? E tu fratello adorato, inconsapevole complice di tanto dolore, cosa intendi fare per sopravvivere? Raccogli, ti prego, le membra sparse di mio figlio e riuniscile alle mie per poi deporle in un unico sepolcro.

La tua sposa e sorella Canace

Cidippe e Aconzio

Per capire bene questa storia bisogna sapere che la più irascibile fra tutte le dee dell'Olimpo era Artemide, o Diana se la si vuole chiamare «alla romana». Cominciamo col dire che era una delle poche dee vergini e che, dato il carattere scontroso, non si era mai innamorata di nessuno. L'unica cosa che le piaceva era andare a caccia nei boschi per uccidere quanti più animali le fosse possibile. La sua permalosità era proverbiale: se una donna (o un uomo) le faceva una promessa e poi non manteneva l'impegno, erano dolori! Ne seppe qualcosa Cidippe.

Aconzio era un giovanotto di Ceo, innamorato della bellissima Cidippe. L'aveva incontrata un giorno a Delo e non aveva capito più niente. In pratica, il classico colpo di fulmine. Provò ad avvicinarla, ma lei non lo degnò nemmeno di uno sguardo. Allora lui ricorse a un piccolo trucco, degno dell'astuto Ulisse: fece rotolare ai piedi della sua nutrice una mela sulla quale, con un coltello, aveva precedentemente inciso questa frase:

«Giuro su Artemide che amerò Aconzio per tutta la vita».

La nutrice, non sapendo leggere, passò la mela alla sua padrona e questa, senza starci troppo a pensare, la lesse ad alta voce. Apriti cielo! A quel punto la frittata era fatta: Cidippe, le piacesse o no Aconzio, era costretta a ubbidire al giuramento fatto, se non altro perché lo aveva pronunziato davanti all'altare della dea.

Ora bisogna sapere che la ragazza, ad Atene, era stata già promessa dal padre a un altro giovane. Purtroppo, però, non appena usciva di casa per andarsi a sposare, veniva subito presa da un tremito e da una febbre altissima. Le nozze, a quel punto, venivano rimandate, ma senza alcun risultato pratico dal momento che, come provava a recarsi al tempio, si ammalava di nuovo. Interrogato in proposito, l'oracolo di Delfi fu molto preciso: Cidippe non avrebbe mai trovato pace finché non avesse mantenuto quel maledetto giuramento. Per cui, dopo tre tentativi andati a vuoto, il padre della ragazza si arrese e dette sua figlia in sposa ad Aconzio.

Sull'argomento abbiamo due lettere: la prima di Aconzio e la seconda di Cidippe, tutte e due scritte all'epoca del corteggiamento. Nella prima il giovanotto alterna frasi d'amore a vere e proprie minacce. «Cidippe mia,» le dice «con quella lì non si scherza: se non mi sposi, sono cavoli tuoi!» Nella seconda, invece, Cidippe è indecisa se fare la fanciulla offesa o recitare la parte di chi è corteggiata da due uomini. Alla fine, sceglierà Aconzio.

Da Aconzio a Cidippe

Accogli, o Cidippe, il nome inviso di Aconzio: è colui che un giorno ti tese il tranello della mela. Per quanto riguarda, invece, la presente lettera, non avere alcun timore: puoi leggerla anche ad alta voce con la massima tranquillità. Non nasconde alcun agguato, anzi: la sua lettura possa, una volta per tutte, alleviarti ogni malanno.

Immagino che in questo momento tu stia arrossendo e non riesco proprio a capirne il motivo: non ti sto proponendo un rapporto vergognoso, bensì il matrimonio con un uomo che ti ama davvero. Il giorno in cui t'inviai quella mela ti amavo soltanto, oggi, invece, ti amo molto di più, e questa è l'unica colpa che sono disposto ad ammettere. Adesso tu

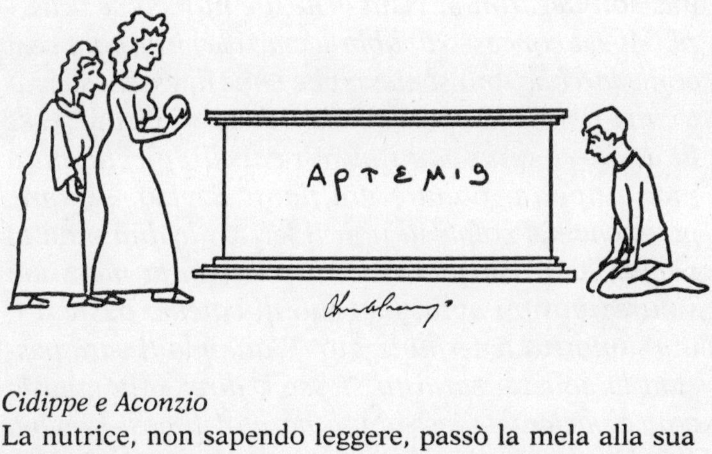

Cidippe e Aconzio
La nutrice, non sapendo leggere, passò la mela alla sua padrona e questa, senza starci troppo a pensare, la lesse ad alta voce.

chiamalo come vuoi quel mio stratagemma, chiamalo inganno, trucco, sotterfugio, ma non dimenticarti che a suggerirlo è stato un immenso amore. Se poi amare significa anche sbagliare, che vuoi che ti dica: sono colpevole.

Alcuni hanno rapito la donna desiderata usando le armi, io l'ho fatto usando delle parole, peraltro nemmeno pronunziate da me. La vera colpevole, quindi, non è stata la frase, ma la tua bellezza. Fossi stata tu un po' meno attraente, forse non ti avrei neppure guardata. Di te, invece, mi è piaciuto subito tutto: gli occhi simili ad astri fiammeggianti, i capelli biondi sparsi sulle spalle, la nuca sottile degna di un candido cigno, le braccia tornite che ho immaginato a me avvinte, il viso pudico di vergine e i piedini d'avorio che perfino la dea Teti dovrebbe invidiarti.

Arrabbiati pure, se la cosa può farti stare meglio, ma non negarmi la vista delle tue numerose bellezze. Mi sia concesso di abbracciarti le ginocchia così come farebbe uno schiavo che teme di essere sferzato, ma non togliermi il piacere di starti vicino. E se lo desideri, strappami pure i capelli, picchiami a mano aperta, oppure graffiami il viso, sempre, però, che nel colpirmi non ti ferisca le dita: non lo sopporterei. Per picchiarmi, poi, con la massima sicurezza, non avrai bisogno di catene: basterà il mio amore a tenermi legato. E quando ti sarà passata la collera, sarai tu stessa a dire: «Ma guarda com'è paziente questo innamorato! È così bravo a fare lo schiavo che quasi quasi me lo prendo!».

Adesso, però, ammettiamo pure che quel mio

trucco sia stato una colpa. Non è a me che devi renderne conto, ma alla dea. Lei, se ben ricordi, era proprio davanti a te il giorno che giurasti. Ahimè, o Cidippe, temo proprio che sarai costretta a mantenere l'impegno. Ignorandolo potresti andare incontro a chissà quali vendette. Ne sanno qualcosa il cinghiale di Calidone e il povero Atteone che, solo per aver visto la dea, un giorno, nuda, mentre stava facendo il bagno in un lago, fu sbranato dai cani. E allora t'imploro: non farti sciupare le candide membra da queste febbri nefaste.

So che c'è un altro uomo che ti sta sempre accanto e che ti assiste. Io non vorrei nemmeno sentirlo nominare. Me lo immagino: viscido, astuto, che ti tasta il polso per misurare la febbre, e che, così facendo, ti sfiora il seno con un braccio... e forse ti dà anche un bacio. Al che vorrei dirgli: «Come osi toccarla, o vile? Sappi che quel seno è mio. A me lo ha promesso una dea, a te solo un mortale. Tienine conto».

Aconzio, giovane di Ceo

Da Cidippe ad Aconzio

Quando ho avuto la tua lettera, Aconzio, l'ho letta in silenzio. Ho avuto paura che nascondesse qualche altro ignobile trucco. In verità, sono stata lì lì per non leggerla, poi ho pensato che la dea che ti protegge si sarebbe irritata ancora di più, e allora l'ho letta. Chissà poi perché lei, la più famosa di tutte le vergini, non si schiera dalla mia parte dal momento che sono vergine anch'io.

Scrivo questa mia risposta a fatica. Sono debole e a stento riesco a sollevare il gomito. La nutrice monta la guardia davanti alla porta della mia stanza e impedisce a chiunque di entrare. Se qualcuno le chiede di me, risponde: «Dorme», ma anche questa scusa non potrà reggere a lungo. Al che mi domando: è questo quello che ci guadagno a essere nata bella? Sarebbe stato meglio, allora, nascere brutta ma senza guai. A volte temo di essere stata io a innescare la collera della dea, e mi vergogno. Qualcuno mi ha detto di non farci caso, di pensare che i miei malanni sono dovuti a semplici coincidenze, altri, invece, che il mio promesso sposo non è gradito agli dei, altri ancora che sono stata io a offendere gli dei. L'unica cosa di cui sono certa è che sto male. Ma tu, Aconzio, sei davvero sicuro di essere innocente? Se ogni volta che cominci ad amare qualcuno gli fai tanto male, che cosa gli faresti se lo odiassi? Lo aiuteresti? Lo faresti star bene? In tal caso ti prego: comincia a odiarmi.

Quanto sarebbe stato meglio se non ti avessi mai conosciuto. O me sventurata: non fossi mai andata quella volta a Delo! Io, se ben ricordi, non ho giurato, ho solo letto delle parole che non sono stata io a scrivere, ed è la mente quella che giura, non la bocca! Se poi ti piacevo tanto, come vai dicendo, avresti dovuto conquistarmi con la persuasione, non con l'inganno. Ciò nonostante, pur sapendo di avere tutta la ragione dalla mia parte, non ti nascondo che temo la collera della figlia di Latona più di ogni altra cosa. Già tre volte ho cercato di raggiungere il mio sposo all'altare e già tre volte le mie membra si sono messe a bruciare. Per quanto poi riguarda lui, il mio promesso sposo, non credere che approfitti del mio stato di salute per mettermi le mani addosso. Sì, d'accordo, mi si siede accanto, ma ha sempre rispettato la mia verginità.

Mi sono sempre chiesta perché ti chiami Aconzio, * *e poi ne ho capito il motivo: tu colpisci da lontano, proprio come un giavellotto. Dici di essere innamorato della mia bellezza, eppure, se mi vedessi oggi, il tuo ardore svanirebbe di colpo. La malattia, infatti, mi ha reso brutta. Malgrado ciò, vorrei che mi vedessi lo stesso. Anche se il tuo cuore è più duro del ferro, vedendomi, pregheresti anche tu la dea di deporre la sua collera. E giunta a questo punto, ho paura che non mi resti altro che vivere con te la mia perduta giovinezza.*

Cidippe, figlia di Ceice

* In greco, Aconzio significa «giavellotto».

Conclusione

Il libro è finito e me lo sono riletto. Un po' di paura che saltasse fuori un residuo di maschilismo, in verità, l'ho avuta. Hai voglia a proporti di essere obiettivo, di evitare le battutine ironiche, di non scherzare su certi temi: secoli di discriminazione sessuale finiscono sempre col fare capolino. Mettiamoci, infine, un pizzico di vittimismo da parte delle signore lettrici e il marchio di «sporco maschilista» non te lo leva più nessuno. D'altra parte, non posso negare di essere uomo. Lo sono nel fisico e nello spirito, ed esserlo purtroppo mi condiziona.

Che poi le donne siano davvero diverse non ci sono dubbi. Per quanto riguarda l'aspetto esteriore, basta guardarle di profilo per rendersene conto. Che lo siano, però, anche nell'interiorità è un po' più difficile da dimostrare. Ognuno di noi nel corso della vita ha conosciuto più di una donna. Ha conosciuto, per esempio, la mamma, una sorella, una cugina, un primo amore, un secondo amore, un terzo amore e via enumerando. Tutte diverse tra loro, ovviamente, eppure con qualcosa in comune. Ebbene, è stato proprio questo qualcosa che mi ha incuriosito e che ho cercato di evidenziare. Spero di esserci riuscito.

Certo non si possono paragonare le eroine di Ovidio alle nostre attuali compagne. Troppo segregate quelle di allora, troppo politicizzate quelle di oggi. Sto parlando, ovviamente, delle donne del '68. È con loro, infatti, che dobbiamo fare i conti, o, nel migliore dei casi, con le loro figlie. La soluzione giusta potrebbe essere quella di togliere la specifica del sesso dai documenti personali. Nascere maschio o femmina diventerebbe a quel punto solo un requisito tutelato dal diritto alla *privacy*, e anche per i nomi di battesimo si potrebbe essere di manica più larga: un uomo si potrebbe chiamare benissimo Laura e una donna Giuseppe, l'importante è che siano tutti e due di animo buono. Giorno verrà che, grazie alla clonazione, potremo riprodurci da soli senza essere costretti ad andare a letto con un estraneo. La vita allora diventerà subito più semplice: rinunceremo, sì, a una mezzoretta di piacere, ma in compenso sparirebbero tanti inconvenienti connessi all'atto sessuale, come la gelosia, i litigi familiari, l'obbligo coniugale o quello a riaccompagnare a casa un'eventuale fidanzata. Nel frattempo, spero di essere letto da qualche brava scrittrice e di poter leggere a mia volta un libro intitolato *Gli uomini sono diversi*.

Indice

«Le donne sono diverse»
di Luciano De Crescenzo
Bestsellers Oscar Mondadori
Arnoldo Mondadori Editore

Questo volume è stato stampato
presso Mondadori Printing S.p.A.
Stabilimento NSM – Cles (TN)
Stampato in Italia – Printed in Italy

48686
2001